La nébuleuse Alma

Luc Blanvillain

La nébuleuse Alma

l'école des loisirs
11, rue de Sèvres, Paris 6e

Du même auteur à *l'école des loisirs*

Collection MÉDIUM

Cupidon Power

Loi n° 49.956 du 16 juillet 1949 sur les publications
destinées à la jeunesse : mars 2016
Dépôt légal : mars 2016

ISBN 978-2-211-22818-3

1
La chambre de Jade

Ma première phrase est ratée. Je l'ai tournée dans tous les sens et c'était pire chaque fois. Tant pis, j'y renonce.

M. Sudre, notre prof de français, a pourtant beaucoup insisté sur l'importance de l'« incipit ». Le début, le commencement. On utilise un mot latin pour bien montrer que l'on remonte à l'origine. Mais mon histoire n'a pas de commencement précis. Ou plutôt, elle commence par une fin.

C'est peut-être l'occasion de dire que mon prénom vient, lui aussi, du latin. Je m'appelle Alma. J'aurais dû débuter comme ça.

« Je m'appelle Alma. »

Simple. Direct. Mais je ne suis ni simple ni directe. Du moins, pas toujours.

Tant pis, je vais parler de mes pieds. Et de la Toussaint. Je raconterai le début après.

Je revois des feuilles brunes, gorgées d'eau. Mes pieds les écrasent. J'aime ces feuilles, j'aime mes pieds, j'aime les pigeons, les passants, les réverbères et l'automne, parce que j'aime Robin. Nous nous sommes embrassés pour la première fois juste avant le jour des Morts.

Ma mère m'a toujours appris que l'amour rend idiot, dans les premiers moments, génial ensuite. J'étais en pleine phase d'idiotie euphorique, je visais le milieu des flaques avec mes chaussures neuves. Elles m'avaient coûté exactement dix soirées de baby-sitting, c'est-à-dire dix visionnages complets de *Mon voisin Totoro*, dix crises de larmes à résoudre avant que Bérénice accepte d'aller se coucher, dix interprétations approximatives du dernier tube de Shakira, assise dans le noir, sur son lit. Je devais lui tenir la main jusqu'à ce que le sommeil finisse par en venir à bout. Bérénice est la fille des voisins. Une adorable petite source de revenus.

Je courais donc, de flaque en flaque, insoucieuse et insouciante parce qu'un seul adjectif ne suffisait absolument pas pour exprimer ma colossale indifférence aux misères du monde, à cet instant, l'instant d'avant mon drame. De toute façon, les soucis n'avaient jamais eu beaucoup de prise sur moi. Ils s'attaquaient plutôt à Jade.

Il en va ainsi, par exemple, des moustiques. À cet

égard, la nature est plutôt bien ou mal faite, selon les points de vue. Quand deux campeurs partagent la même tente (mon petit frère, Octave, et moi, par exemple), il est rare que les boutons et les cloques soient également répartis, au petit matin. L'un des deux s'étire voluptueusement, émerveillé par l'opalescence de l'aube d'été baignant les parois de tissu (moi), l'autre se gratte au sang (lui). Il y a des peaux à moustiques et des cerveaux à soucis.

J'aime beaucoup le mot « opalescence ». J'ai tenu à ce qu'il figure dans mon incipit, avant que tout devienne carrément moche.

Comme dit encore ma mère (j'ignore où elle déniche ce genre de pensées profondes) : « Le bonheur n'est complet que quand on le partage. » J'avais donc besoin de Jade pour être parfaitement heureuse. Je lui réservais la primeur de la nouvelle, le baiser de Robin, après huit semaines de patience, d'approches, de réticences, de faux espoirs, de SMS, près de vingt-six nuits passées à dormir d'une oreille, le téléphone contre la joue, au risque, selon mes parents, de griller pour toujours mes neurones déjà bien endommagés par le coup de foudre.

En soi, ce n'était pas original. Mais je ne prétendais pas à l'originalité. Je prétendais à la joie, au ravissement, à la félicité consistant à embrasser Robin et à en parler avec Jade. Mon bonheur se ramènerait à un triangle parfaitement équilatéral, dont nous serions les insouciants sommets. Voilà ce que je disais, mais avec d'autres mots, à chaque flaque, à chaque feuille, et même, il faut l'avouer, à chaque crotte de chien évitée de justesse.

C'est cela, l'amour.

Je me doutais que mon petit frère aurait du mal à me suivre dans mes démonstrations sentimentales. Il est presque gentil, pour un garçon de onze ans, mais tout le monde ignore qu'une nuit fatale un extraterrestre a pris possession de son corps et, depuis, regrette sa planète. Octave n'est pas de notre monde. Sa trompeuse apparence humaine recèle une intelligence surpuissante, entièrement consacrée à des sujets idiots. Il tente de battre ses records personnels : enfiler et ôter ses chaussures sans défaire les lacets, quarante jours, lire la tête en bas, vingt minutes, exécuter une chorégraphie complète dans le dos du prof de maths avant qu'il ne se retourne, trois heures de colle. J'ignore pourquoi je songeais à lui, en cet instant parfait. Peut-être parce que, depuis sa naissance, il consacre l'essentiel de son énergie à ne pas s'absenter trop longtemps de mes pensées.

Je dois le reconnaître, je retarde le récit de l'arrivée chez ma meilleure amie, car c'est le moment où tout s'écroule. Et je déteste être triste. Octave aussi, mais pleurer le passionne. Il raffole de la sensation des larmes sur les joues, de la boule dans la gorge, des yeux gonflés. Pour cette raison, ma mère lui fait éplucher les oignons et l'envoie tous les dimanches chez grand-mère, où il regarde en sa compagnie, serré contre elle dans son vieux canapé tendu de velours, des feuilletons antiques qu'elle enregistre religieusement pour lui.

Moi, j'ai plutôt tendance à danser pour un rien, à rire sincèrement aux blagues de mon père et à ne pas regarder les infos.

Mais je n'aurais jamais pensé que cela m'attirerait tant d'ennuis.

Voyons les choses en face, je n'avais encore jamais réfléchi à mon amitié pour Jade. En fait, je n'avais jamais réfléchi à l'amitié. À l'amour, oui, bien sûr. Comme à tout ce qui ne va pas de soi. Mais l'amitié ! Je ne sais même pas quand ni comment j'ai rencontré Jade. Au collège, mais dans quelles circonstances ? Et pourquoi nous sommes-nous plu ? Parce que c'était elle, parce que c'était moi. Ensuite, comme tout le monde, on est devenues inséparables. On a goûté, dormi l'une chez l'autre. On s'est passé nos rhumes et nos vêtements, nos amoureux quelquefois, on s'est confié des rêves, échangé des promesses. On a fait de la danse, du step, du théâtre, de la zumba, de la gym, de la natation et même du twirling. On a traîné nos parents à toutes sortes de spectacles dont on était les vedettes. On a gâché notre jeunesse devant les people siliconés de la télé poubelle. Je le dis maintenant que j'ai pris du recul et que je ne regarde plus ces émissions qu'en cachette. Bref, on a été deux meilleures amies du monde comme beaucoup d'autres. À l'instar de l'univers, et de mon récit, notre amitié n'avait pas eu de commencement clair. Je n'imaginais pas qu'elle puisse prendre fin.

Et surtout pas ce jour-là, le jour de tous les saints, le jour du baiser.

Si je veux être honnête, et cela m'arrive très souvent, je reconnais que j'avais envisagé le scénario catastrophe. L'hypothèse que Jade soit tombée amoureuse de Robin en même temps que moi. C'est fréquent. Je lui avais posé la question en toute franchise. Nous avions l'habitude de partager mes problèmes. Elle m'avait assuré qu'il ne l'intéressait pas, et j'en avais été, bien sûr, un peu vexée. Mais quand elle avait ajouté, avec une moue assez laide : « C'est un bourgeois », j'avais été convaincue de sa bonne foi. Jade n'emploie pas le mot « bourge », comme tout le monde. Elle dit « bourgeois », et ce n'est pas un compliment. Il est vrai que Robin a de la classe. Une *distinction naturelle*, comme dit Octave, qui profère toujours des choses surprenantes. Et Jade n'aime pas beaucoup les garçons sportifs, bien habillés, dont les parents travaillent dans des tours de verre.

Or, depuis que nous avions quitté notre collège paisible pour un grand lycée de centre-ville, cette sorte d'individus avaient tendance à proliférer. Moi, je n'avais rien contre. Ils étaient plutôt agréables à regarder, et, par certains côtés, je suis suprêmement frivole.

Le problème de Jade, c'est qu'elle est obsédée par l'injustice. Elle n'arrive pas à admettre que certains humains se prélassent dans des yachts tandis que d'autres, assis sur le trottoir, édifient des remparts de carton pour lutter contre les rigueurs du dérèglement climatique. Elle ne comprend même pas pourquoi tout le monde trouve ça normal. Quand elle croise un sans-abri, elle lui donne de l'argent (elle aussi pratique le baby-sitting mais ne dilapide pas ses émoluments en chaussures) et lui tient de longs discours très gênants pour l'inciter à se battre, à ne pas se résigner, à rejoindre la révolution. Les sans-abri sont habitués, ils l'écoutent poliment et échangent avec moi des regards navrés. Jade aide ses parents à distribuer des repas pour les pauvres. Elle assiste depuis peu à des réunions politiques, elle va lire des histoires à des enfants, dans les immeubles tristes de la banlieue où j'ai peur de l'accompagner. Elle est bénévole dans une association luttant contre l'illettrisme.

Elle porte des pulls en laine tricotés main.

Elle prétend aussi qu'elle n'a pas beaucoup de temps pour l'amour, que la plupart des garçons lui paraissent niais, à l'exception d'un grand type à dreadlocks qui distribue des paniers bio, le samedi après le marché. Mais il a au moins vingt ans et porte un enfant sur son dos, enroulé dans un châle à franges.

Je l'ai donc crue quand elle m'a fait savoir à quel point Robin l'intéressait peu.

Jusqu'à présent, Jade avait toléré ma méconnaissance totale des grandes questions géopolitiques, mon absence d'avis sur les printemps arabes, sur la Syrie, sur l'Ukraine, sur les agences de notation, les délocalisations. Je ne connaissais pas le nom des ministres, j'avais l'impression que les hommes politiques parlaient une langue étrangère. C'était immature, j'en conviens. J'espérais qu'un jour tout finirait par s'arranger, que les gens se décapiteraient moins souvent, qu'on trouverait des vaccins et des accommodements.

– Regarde les jeunes Chinois, me disait Jade. Ils se bagarrent.

Je regardais les jeunes Chinois et je trouvais qu'ils avaient raison de se bagarrer. Mais je ne savais pas exactement contre quoi, et je voyais encore moins comment les aider. Pas plus que les jeunes Maliens ou les Irakiens d'âge mûr.

Octave pensait qu'il fallait cloner le monde dans sa globalité et le réimplanter sur Mars après l'avoir nettoyé à l'aide d'une machine qu'il se représentait comme un antivirus géant. Je préférais ne pas en débattre avec lui. En sa qualité d'extraterrestre, il détenait peut-être des solutions venues du futur.

J'ai l'air de m'y connaître, en conflits mondiaux et en noirceur de l'âme humaine. Mais tout cela est venu après, bien sûr, et précisément à cause de cette sinistre journée de Toussaint. Au moment où je filais chez Jade, je savais à peine distinguer les Pachtouns des Tchétchènes.

Bon. Je ne peux pas éternellement graviter autour du pot. J'ai fini par arriver. Jade vit dans un petit immeuble. Il jouxte un centre commercial et borde un terrain vague aux contours imprécis. Sur les palissades, des panneaux jaunis annoncent depuis toujours l'édification prochaine d'une résidence de standing. En attendant, des bidons y rouillent, des pneus s'y entassent et un fauteuil gorgé de pluie regrette un passé plus cossu.

J'aime monter chez Jade. Elle vit au cinquième avec ascenseur en panne. L'éclairage de la cage d'escalier souffre d'anémie chronique. Il pousse des soupirs de lumière blême avant de défaillir. On monte dans le noir et, à chaque palier, l'obscurité se nuance des couleurs bleutées passant sous les portes.

La mère de Jade plisse toujours les yeux en m'ouvrant, avant de s'effacer pour me laisser passer. C'est une grande femme maigre dont les gestes et la voix conviendraient beaucoup mieux à une petite femme ronde. Elle parle fort et vous serre sans façon sur son cœur osseux, vous pince la joue en vous appelant *ma petite chérie*. Elle est « dame de service » à la maternelle du quartier, et sa seule vue donne envie de faire du découpage ou de coller des gommettes, activités auxquelles je regrette de ne plus pouvoir me livrer aussi souvent qu'avant.

– Salut Alma ! m'a-t-elle lancé comme d'habitude avant de poser un œil surpris sur mes chaussures trempées.

Puis son visage s'est éclairé. Chez elle, ce n'est pas une image. Son visage devient rose et lumineux, comme si une ampoule s'allumait derrière chacune de ses pommettes. Pas une ampoule. Plutôt une bougie.

– Ça y est ! a-t-elle chuchoté en tentant de cligner de l'œil (elle y arrivait mal). Tu as emballé Robin ?

Surprise, j'ai acquiescé sans rien dire. Pour elle, le lien entre mon succès amoureux et l'état de mes souliers relevait de l'évidence. Cette femme possède une extraordinaire expérience de la vie. Le mot « emballer » me gênait. J'avais plutôt l'impression de l'avoir déballé, comme un cadeau.

– Moi, a-t-elle ajouté de façon encore plus énigmatique et en baissant la voix, chaque fois que j'embrassais un garçon, je me faisais des couettes.

J'ai tenté d'enchaîner sur cette confidence mais rien n'est venu. En voulant accentuer son cin d'œil raté, elle a entrouvert la moitié gauche de la bouche. Le résultat était franchement inquiétant. J'ai souri poliment, ôté mes chaussures et me suis dirigée vers la chambre de Jade. Son père n'était pas là. Il est homme d'entretien à l'hôpital et rentre toujours tard.

Jade lisait, assise sur son lit, et je ne me suis pas méfiée. Je ne m'étais jamais méfiée d'elle. Ni de personne, d'ailleurs. La méfiance n'était pas dans ma nature. Je m'y suis mise.

Je me suis jetée sur le lit à côté d'elle, comme d'habitude, comme quand nous étions petites et que nous passions des heures à sauter sur le matelas. En y repensant, elle a rebondi avec une certaine froideur. Mais cela n'a pas bridé mon enthousiasme. Je lui ai servi toutes les circonstances du baiser, les commentaires qu'il m'inspirait, les projets d'avenir qu'il suscitait avec leurs palais, leurs canaux, leurs vaisseaux et leurs forêts.

Elle m'écoutait bizarrement, comme si elle s'intéressait surtout à la façon dont les mots se formaient sur mes lèvres. Son visage, pourtant très proche du mien, m'apparaissait lointain, ou plutôt distant, ou plutôt réservé, ou plutôt tendu, à tel point que je me suis demandé si je n'avais pas affaire à la sœur jumelle de Jade, élevée en secret dans un autre pays par le couple qui l'avait enlevée à la naissance, et maintenant assise sur ce lit suite à un enchaînement complexe d'événements dont j'ignorais tout.

J'aurais mille fois préféré cette explication.

Elle a prononcé mon prénom.

J'ai beaucoup médité sur ce point précis. En temps ordinaire, Jade ne prononçait jamais mon prénom. Elle recourait à d'affectueuses formules de bienvenue telles que : « Pas encore morte, toi ? » ou « Ma vieille poule pelée », « Mon erreur d'aiguillage », ces petits surnoms dont les amies se gratifient spontanément quand tout va bien entre elles.

D'entendre, portées par sa voix, les deux syllabes que mes parents avaient choisies pour moi, m'a fait l'effet d'être convoquée chez le bourreau pour procéder aux ultimes réglages de la guillotine. Votre prénom, proféré seul, j'en ai acquis la conviction depuis, précède toujours une nouvelle importante. Dans six cas sur dix, elle est très mauvaise. J'en ai parlé avec

Octave, il penche pour huit cas sur dix. Cette fois, les statistiques n'ont pas joué en ma faveur.

De toute façon, vu la tête qu'elle faisait, je ne pouvais pas m'attendre à la déclaration dont je rêve depuis toute petite : «Alma, les amis et moi, on trouve qu'une fille exceptionnelle comme toi mérite d'être chouchoutée par la vie. Alors voilà, on a joué au Loto, on a gagné un joli pactole et on a décidé de t'offrir un séjour d'un an à New York, dans un loft. Ton frère peut t'accompagner si tu le souhaites.»

Au lieu de quoi, elle s'est murée dans un silence de sept secondes, désagréablement meublé par la voix de sa mère fredonnant à tue-tête en passant l'aspirateur (oui, on peut fredonner à tue-tête quand on est habituée à dompter les réfractaires aux gommettes).

Puis elle a parlé.

Elle a dit :

– Je suis atrocement triste, Alma (deuxième mention de mon prénom. Hyper mauvais signe). Ce que j'ai à te dire va te désespérer.

Était-il possible de revenir en arrière, à ce stade ? Pour elle, certainement pas. Sa première phrase était encore pire que la mienne, et elle devait en avoir conscience. Quand un début est aussi mauvais, mieux vaut enchaîner en espérant que la suite le fasse oublier. Mais j'ai découvert à cette occasion que j'ai une excellente mémoire de l'horreur. Son introduction ratée s'est à jamais gravée dans mon cortex en grosses lettres mauves. J'ignore pourquoi, mais elles sont grosses et mauves telles, j'imagine, les lèvres d'un noyé.

Quant à moi, j'aurais pu me lever, répondre que, justement, j'avais du mal avec le désespoir et que, tant qu'à faire, je préférais rester sur le frais souvenir d'un baiser. Mais je ne l'ai pas fait parce qu'en plus d'être frivole je suis curieuse. Oui, plus j'y pense et plus j'en suis certaine, je voulais connaître la suite. Comme si je lisais un livre épouvantable dont je remerciais à chaque page l'héroïne de n'être pas moi.

Les grosses lettres mauves ont donc continué de s'aligner sur le fond rose de ma curiosité attentive. Il faudra que je soumette cette phrase à M. Sudre. Il se délecte de figures de style tordues.

– Voilà. Je pense que notre histoire est finie.

Je crois que j'ai cligné des yeux. « Le soleil ni la mort ne se peuvent regarder en face », répète à tout propos M. Sudre, citant je ne sais plus qui. J'ajoute qu'une phrase pareille ne se peut entendre sans épouvante, mais il est impossible de cligner des oreilles.

– Comment ça, notre histoire ? ai-je objecté.

Idiot. C'était « Comment ça, finie ? » qu'il fallait dire. Mais je ne pouvais pas me résoudre à énoncer une telle abomination. Notre histoire, je voyais très bien ce que c'était. Cinq ans de bonheur. Parce que c'était nous. Mais Jade n'a même pas entendu ma question. Elle avait préparé son discours et c'était le plus insupportable.

– J'ai essayé de trouver une façon douce de te le dire. Sans te blesser. Mais c'est impossible. Surtout, il faut que tu comprennes bien que ce n'est pas ta faute. Ni la mienne.

Contrariant. J'aime quand les choses sont clairement la faute de quelqu'un. Les phénomènes sans responsables sont souvent bien plus tragiques. Les tremblements de terre, par exemple, ou l'ennui.

Et justement, c'est d'ennui qu'il était question.

M. Sudre, en bon amateur de sentences déprimantes, nous sert souvent celle-ci :

« Il ferait volontiers de la terre un débris
Et dans un bâillement avalerait le monde ;
C'est l'Ennui ! »

L'auteur, par contre, je m'en souviens. Baudelaire. Si un jour vous sentez que vous êtes de trop bonne humeur et que votre joie incommode les autres, lisez quelques vers de Baudelaire. Bon. Même les citations de M. Sudre ne vont pas pouvoir me permettre de différer plus longtemps le récit de ce qui m'attendait ce jour-là, dans la chambre de Jade. Une dernière parenthèse, tout de même. J'ai fait des recherches. Le jade est une roche très dure et très belle. D'après Wikipédia, Alma est le nom français d'une ville algérienne mais aussi celui d'un fleuve de Crimée, où s'est déroulée une bataille en 1854, d'une demi-douzaine de patelins aux États-Unis et au Canada, d'un pont à Paris, orné de la statue d'un zouave.

Je rapporte ces informations, au cas où elles aideraient à comprendre ce qui s'est joué dans cette triste scène.

– J'ai mis du temps à l'admettre, a-t-elle poursuivi en me regardant comme si elle se forçait à fixer un objet lointain, mais tout a changé entre nous. Peu à peu. J'ai commencé à sentir que j'étais moins heureuse avec toi. Moins impatiente de te retrouver. Et puis, j'ai compris que ce que tu racontais…

Au Kazakhstan, la ville d'Almaty s'appelait autrefois Alma-Ata. Cela signifierait « père de la pomme ».

– … que ce que tu racontais ne m'intéressait plus.

Au VIe siècle, Alma était aussi le nom d'une martyre assassinée par un homme qu'elle n'aimait pas, près de Brecon, au pays de Galles.

– Je ne dis pas que ce n'est pas intéressant. Juste que ça ne m'intéresse pas. Parce qu'on a changé, Alma (troisième occurrence de mon prénom), on n'a plus la même… la même vision du monde. Je sais ce que tu vas me dire…

Moi, je n'en avais aucune idée. J'étais très impatiente de découvrir ce que j'allais lui dire.

– Tu penses que tout ça n'a rien à voir avec l'amitié et qu'on peut être copines et complices même si on ne se passionne pas pour les mêmes choses…

Oui, tout à fait. C'est sûrement ce que j'aurais dit si j'y avais pensé.

– Mais pour moi, ça ne marche pas. J'ai besoin qu'on soit sur la même longueur d'onde, qu'on ait les mêmes espoirs, les mêmes désirs…

Elle a cherché un autre mot, qu'elle a mimé par un geste évoquant une sorte de chameau mou.

– Bref. Voilà. Je… je m'ennuie avec toi. Je sais que c'est ignoble, mais j'ai l'impression de te mentir quand on se voit. Je… je me sens malhonnête. Je ne te parle plus vraiment. Je te fais la conversation. Tu comprends ?

Ensuite, brusquement, elle s'est mise à pleurer. Moi aussi. Nous sommes tombées dans les bras l'une de l'autre et sa mère continuait de passer l'aspirateur. Sur les plinthes, je pense. Elle braillait une chanson parlant des « femmes des années quatre-vingt mais femmes jusqu'au bout des seins ».

Ensuite, j'ai enfilé mes chaussures trempées et je suis entrée dans la nuit.

2
Un Tout-Très-Puissant

De retour à la maison, je suis montée directement dans ma chambre. Je suis restée assise sur mon lit, dans le noir. Personne ne m'avait entendue revenir. Mon frère et mes parents regardaient un jeu télévisé. Si bien que quand Octave a poussé ma porte, sans doute pour me piquer des CD, comme d'habitude, il ne s'est pas aperçu tout de suite de ma présence. Il a allumé la lumière et je suis apparue. Nous sommes restés au moins une seconde à nous fixer, les yeux dans les yeux, et alors seulement il a poussé un très long hurlement en agitant les doigts comme si quelque chose d'à la fois visqueux et gluant y était accroché. C'était curieux.

Ma mère a jailli aussitôt. Octave hurle très rarement. Même à la naissance, il paraît qu'il n'a pas crié tout de suite et qu'il ne s'y est résigné qu'après que la sage-femme l'a roué de coups.

– Que se passe-t-il ? a demandé ma mère.

– Rien, rien. C'est Alma.

– Quoi, Alma ?

– Rien. Elle est là.

Cette explication a satisfait ma mère. Elle est partie retrouver mon père. L'un des problèmes de mes parents, c'est qu'ils sont fanatiquement amoureux l'un de l'autre, depuis le jour de leur première rencontre. J'ai demandé, aucun de mes amis ne souffre d'une telle situation. Leur passion ne s'est pas usée en vingt ans. Cela défie toutes les lois connues et contredit la plupart des citations de M. Sudre. Ils considèrent que chaque instant passé sans se voir est une erreur. Ils travaillent aux impôts, dans le même bureau. Ma mère est la supérieure hiérarchique de mon père. Elle lui donne des ordres, il adore ça. Ils mangent ensemble le midi, dans le même petit restaurant depuis toujours. Ils se couchent à la même heure. Avant nous. Une fois par an au moins, ils passent une semaine de vacances en amoureux, payée par ma grand-mère. En fait, ils font tout en amoureux. Grâce à eux, je sais qu'on peut faire la vaisselle ou changer une roue en amoureux.

La puissance de cet amour explique sans doute l'aptitude de ma mère à relativiser les problèmes. Quand quelqu'un hurle, elle jaillit. Mais si personne n'est mutilé, défiguré ou agonisant, elle retourne à son mari.

Or, justement, j'étais mutilée, défigurée ET agonisante.

Octave, lui, l'avait vu tout de suite. Et ce constat l'avait fait hurler, bien plus que la surprise de me trouver assise sur mon lit, toujours vêtue de mon manteau d'automne, toujours chaussée, deux flaques boueuses s'élargissant autour de mes pieds, sur la couette consternée.

– C'est ce salaud de Robin ? a demandé Octave en refermant doucement la porte derrière lui.

Naturellement, il n'était pas censé avoir la moindre idée de l'existence de Robin mais il connaît le mot de passe de mes messageries et sait où je recharge mon portable. J'étais trop diminuée pour m'engager dans une vaine querelle. Me concernant, Octave est absolument dépourvu de sens moral. Il considère que l'espionnage est un moyen comme un autre de veiller sur mon cœur. C'est ainsi qu'il avait éconduit plusieurs prétendants par SMS, en se faisant passer pour moi. Il ne les jugeait pas dignes de mon amour. Le pire était qu'il ne s'était pas trompé, jusqu'à présent. Je repoussais de jour en jour le moment de l'éduquer, mes parents ayant visiblement renoncé.

– Non, Octave. Laisse-moi.

Cet ordre, ou plutôt cette supplique, n'aurait aucun effet, je le savais. Il s'est assis à côté de moi et m'a ôté mes chaussures avant de me sécher les pieds et de m'enfiler péniblement mes pantoufles en satin fourré, cadeau de notre grand-mère.

– Raconte.

J'ai d'abord résisté. Il aimait beaucoup Jade. Beaucoup, c'était peu dire. Et notre rupture allait lui faire de la peine. Cela m'a finalement décidée à parler. Nouvelle venue dans le malheur, j'avais besoin d'y être accompagnée. En entamant mon récit, j'ai repensé à Robin. Il était évident qu'il avait dû tenter de me joindre ou me laisser des messages. Mais mon portable était sur silencieux. Comme Octave, dont les mâchoires serrées lui donnaient l'air furieux.

Mais c'est parce qu'il était vraiment furieux. Je l'ai compris quand, à la fin de mon histoire, il m'a intimé, d'une voix neutre :

– Recommence.

J'ai obéi, en ajoutant des éléments, les flaques, l'aspirateur, les femmes des années quatre-vingt.

– C'est odieux.

Il aime les mots d'adultes d'autrefois. Moi aussi. Ils sont plus efficaces que ceux d'aujourd'hui, comme des médicaments mieux dosés. « Odieux » a agi sur moi comme un antidote.

Mais oui ! Ce que Jade m'avait infligé n'était pas seulement désolant, consternant, déprimant. C'était odieux. C'est-à-dire méchant puissance dix.

Octave et moi, nous nous sommes mis à parler en même temps. Dans ces cas-là, nous ne formons plus qu'un seul individu. Une « entité hermaphrodite », dit Octave. Nous sommes Almave. Un TTP (Tout-Très-Puissant) constitué de deux moitiés égales mais pas identiques, les forces de l'une compensant les faiblesses de l'autre. C'est une théorie d'Octave à laquelle je souscris quand je suis trop fatiguée.

Nous nous sommes dit que Jade n'avait pas le droit de nous traiter ainsi. Nous ne lui avions rien fait de mal. L'ennui n'était pas un motif de rupture (la moitié-Alma n'en était pas si sûre mais la moitié-Octave a emporté son adhésion), et la prétendue mansuétude de Jade dissimulait mal son mépris pour ma frivolité. En fait, elle se considérait comme supérieure à moi. Elle avait déjà rejoint le camp des adultes et pensait que je me complaisais dans celui des adolescents lobotomisés, friands de ragots, inaptes à saisir les vrais enjeux, confits d'ignorance et de paresse. Du cerveau et du corps disponibles pour les marchands. De la graine de rien.

– Elle a un peu raison, a observé Octave, subitement redevenu lui-même.

Mais il a ajouté précipitamment, en voyant ma tête, que ce n'était pas une raison pour me larguer.

– Il y a autre chose, a-t-il ajouté. Forcément.

À vrai dire, je ne désirais pas savoir quoi. Aucune envie de découvrir une autre cause à ma disgrâce, une cause cachée, profonde, quelque abjection secrète dont je ne m'étais pas doutée mais que Jade aurait su déceler, à force de sonder les plaies de la planète. Octave me regardait d'un drôle d'air, tâchant visiblement d'adopter le point de vue de Jade pour mettre au jour le monstre sommeillant en moi.

– À table ! ont crié mes parents.

J'ai soupiré. Hors de question. Je comptais agoniser toute la nuit, dans mes pantoufles en satin rose, puis, quand j'irais mieux, consulter les éventuels messages de Robin.

– Alma, sois raisonnable. Nous devons garder la tête froide et reprendre des forces, a déclaré Octave en reconnaissant le parfum du hachis parmentier de mon père.

– Vas-y, toi. Trouve une excuse pour moi. Je ne pourrai rien avaler.

Octave a brièvement envisagé la possibilité de se priver de hachis pour continuer à me secourir, mais c'était impossible. Les effets du hachis parmentier sur lui évoquent ceux d'une vieille chaussure sur un chat.

Il est totalement addict. Tout de même, je lui ai adressé un regard laissant clairement entendre que, s'il descendait à la cuisine, il n'était pas certain de me revoir vivante. Il a pesé le pour et le contre, et s'est éloigné.

– Surtout, surtout, Octave, le pire, ce serait que les parents s'en mêlent. Pas un mot. Je compte sur toi.

– Évidemment ! a-t-il lâché d'une voix distraite en dévalant l'escalier.

Moins de trois minutes plus tard, la porte se rouvrait et mes parents envahissaient ma chambre. Ma mère m'a prise dans ses bras tandis que mon père se hissait sur le lit en grognant. Le sommier a grincé sous nos trois poids et c'est là que j'ai éclaté en sanglots.

Quand mes larmes se sont taries, il a fallu que je raconte encore. Je commençais à maîtriser l'histoire. Mais plus je revenais sur les événements, moins je les comprenais.

– C'est bizarre qu'elle chante du Sardou, a commenté mon père. Il est de droite, non ?

Devant nos airs effarés, il a cru bon de préciser que *Femme des années quatre-vingt* était une chanson de Michel Sardou, puis il s'est concentré sur les lointains bruits de fourchette émis par Octave, dans la cuisine.

– Vraiment, j'aimerais t'aider, a dit ma mère d'une voix si douce que j'ai failli me remettre à pleurer. Mais je ne comprends pas.

Tous les trois, nous avons ouvert des yeux moroses sur le passé. Et je suis sûre que les mêmes images ont traversé nos esprits. De belles images très colorées, Jade en vacances avec nous à la mer, Jade jouant aux mimes, dans le salon, Jade déguisée pour mon anniversaire, Jade nous racontant ses projets de voyage.

Mes parents n'auraient pu rêver plus belle aventure : une deuxième fille leur tombait du ciel, une sœur pour moi mais sans les jalousies, sans les disputes, une sœur choisie. Une enfant perpétuellement gaie (si Jade était triste, elle avait la courtoisie de demeurer chez elle), exceptionnellement attentive et polie, qui prononçait souvent des phrases délectables pour des oreilles parentales, telles que : « Ce soir, Alma, Octave et moi, on se charge du repas ! » ou : « Filez au ciné, on est assez grands pour se garder tout seuls, non ? », ou même : « Je me sens bien avec vous. » Suprême avantage, en occupant leurs enfants, elle leur offrait des moments supplémentaires pour se consacrer l'un à l'autre.

Eux aussi, elle les quittait. Sa décision faisait quatre victimes.

– Ça m'est arrivé, a poursuivi ma mère, de perdre

des copines. Mais jamais comme ça. C'est toujours la vie qui nous a séparées. Le temps, les déménagements. Un jour, on s'aperçoit qu'on ne s'est plus parlé depuis des années.

Mon père a hoché la tête.

– Et si c'était pire, finalement ? Jade a peut-être fait preuve de sagesse. Ou de courage. Si elle sent intimement que vous n'êtes plus… raccord, eh bien… Pourquoi faire semblant ? Pourquoi attendre que les choses se dénouent toutes seules ? Il vaut mieux rompre. D'un coup sec.

Là, ma mère a éclaté en sanglots à son tour. J'ai foudroyé mon père du regard. La moindre des délicatesses, c'est de choisir le bon moment pour avoir raison.

Nous avons donc pleuré encore, elle et moi, tandis que mon père cherchait quelque chose de drôle à dire. C'est sa technique, la pirouette verbale. Le trait d'humour, la faute de goût volontaire. Mais il n'a rien trouvé parce qu'il était vraiment chagrin. Moi, de le voir assis sur mon lit, ça me rappelait l'époque lointaine où il me racontait des histoires pour m'endormir. J'étais vieille et vide.

– Allez, Alma, a-t-il fini par dire. On ne va pas se laisser abattre. Viens manger. J'ai fait du hachis parmentier.

– Pour le hachis, a répondu Octave, que personne

n'avait entendu entrer, ça va être difficile. Mais je peux faire cuire des nouilles en vitesse.

Finalement, j'ai senti monter en moi une colère sidérale. Une véritable fringale de massacre. Une rage à retardement. On m'avait chassée comme une malpropre. On plongeait une honnête famille dans le désespoir. Et pourquoi ? Au nom de quoi ? Furieuse contre Jade, je me suis acharnée sur mes parents et mon frère.

– Laissez-moi tranquille ! C'est mes problèmes ! Je vous ai rien demandé !

C'était la première fois que je leur parlais sur ce ton. Ils ont vraiment été surpris. Je leur ai claqué la porte au dos et personne n'a osé revenir. Bande de lâches !

J'avais six messages de Robin.

Une loi secrète de l'univers stipulait peut-être qu'il était impossible de cumuler l'amour et l'amitié. Refoulant cette pensée stupide, digne d'une chanson de Michel Machin, je me suis forcée à attendre d'être calmée pour le rappeler. Je lirais ses messages plus tard, tranquillement, pendant mon insomnie.

Il a répondu tout de suite.

Comme j'ouvrais la bouche pour gazouiller une niaiserie caractéristique de la première phase de l'amour (quelque chose comme « ça va, toi ? », avec cette voix des tartines de confiture murmurant « mange-moi » qu'Octave imite à la perfection), ma journée tragique m'est revenue en mémoire. En réalité, je n'avais pas cessé d'y penser mais je l'envisageais maintenant d'un tout autre point de vue. Celui d'une fille amoureuse de Robin appelant Robin. C'était un point de vue tout à fait surplombant, d'où les problèmes auraient dû me sembler dérisoires, grouillant dans les bas-fonds de la vie, avec leurs sales petites pattes et leurs bougonnements criards de problèmes. Mais justement, le bonheur de ce coup de téléphone n'a pas chassé ma mélancolie qui, heureusement, ne diminuait pas ma joie.

Tout cela explique peut-être que j'aie juste pu articuler : « Allô, Robin ? C'est moi » d'une voix de vieux fumeur.

Mais il n'a pas paru décontenancé. Et c'était déjà la preuve que j'avais bien fait de tomber amoureuse de lui. Certes, en matière d'amour parfait, j'étais à bonne école avec mes parents. Peut-être m'avaient-ils transmis un gène permettant de reconnaître à coup sûr le partenaire idéal ?

– Tu as des problèmes, a-t-il affirmé d'emblée.

J'ai avoué. J'adorais déjà lui avouer des choses.

– C'est Jade. Elle m'a quittée.

Il n'a pas posé de questions. J'ai tout raconté à

nouveau, avec un luxe de comparaisons bouleversantes. À sa façon de se taire, j'ai su qu'il était touché.

– Bon, a-t-il temporisé.

Un silence a suivi. Je me suis efforcée de me mettre à sa place. Comment allait-il me consoler ? Car il ne faisait aucun doute qu'il allait y parvenir. La meilleure solution, selon moi, aurait été d'annoncer simplement : « J'arrive » en raccrochant. Un quart d'heure plus tard (grâce à son scooter, il vit plus près de chez moi que moi de chez lui), il frapperait à ma fenêtre, facilement accessible à condition d'escalader notre vieux pommier, mais Robin est un gymnaste hors pair. Ensuite il se coulerait dans mon lit pour notre première nuit d'amour. Il pourrait dormir dans mes bras et s'éclipser avant l'aube, voire revenir avec des croissants et un pain aux raisins pour moi.

De toute façon, ce n'est pas la solution qu'il a retenue.

– Nous allons la reconquérir.

J'ai préféré en rester sans voix. Comme il n'ajoutait rien, j'ai fini par demander timidement :

– Nous ?

– Oui. Enfin, toi. Moi, je vais t'aider.

Je ne voyais absolument pas ce qu'il voulait dire mais j'étais certaine qu'il avait raison.

– Et comment tu comptes t'y prendre ?

– Tu verras bien.

C'est à ce moment que ma tristesse a disparu. Robin avait le pouvoir de chasser mes pires problèmes. C'était bien l'homme de ma vie. Je me suis souvenue que mes parents aussi s'étaient connus au lycée. Un radieux avenir s'est ouvert devant moi. Octave serait au moins deux ou trois fois tonton.

Ensuite, nous avons échangé des propos strictement privés.

Propos qu'en raccrochant j'ai tout de suite voulu rapporter à Jade, comme d'habitude. J'ai même fait défiler la liste de mes contacts. Mon doigt a appuyé sur la petite photo représentant son visage hilare avant que mon esprit ne lui ordonne de raccrocher. Le sourire de Jade a disparu.

Comment vivre ma vie sans pouvoir la partager avec elle ? Une tristesse froide s'est répandue dans mes os.

Je me suis endormie vers trois heures et réveillée avant midi. Ma famille m'attendait autour de la table de la cuisine. Ils avaient déjà mangé les croissants mais le pain aux raisins trônait dans une belle assiette en porcelaine du dimanche.

– Alors ? a tout de suite demandé Octave.

– Alors quoi ?

J'ai attendu en vain la réponse.

3
Deux petites vaches

– Voyez-vous, Alma, ce qui m'a toujours fasciné dans votre prénom, c'est que quatre petites lettres puissent revêtir tant de significations. Ouvrir sur tant de paysages.

M. Sudre mettait du temps à enfiler son manteau. Moi-même, ralentie par mes pensées, je traînais toujours au fond de la classe alors que tous les autres étaient déjà sortis en récréation, même Robin. Je lui avais dit : « Je te rejoins. »

C'est un conseil d'Octave. Il pense que si je tiens à lui je ne dois surtout pas le coller. Il faut même que je m'en sépare le plus souvent possible. Ils en ont discuté avec mamie. C'est un principe important dans les feuilletons spécialisés qu'ils regardent ensemble. Non seulement ils les regardent, mais ils en discutent longuement après, autour d'un chocolat chaud. Ma grand-mère et mon petit frère se sont gentiment proposés pour me coacher dans ma première « relation sérieuse », comme ils disent. J'ai donc pris soin de sortir la dernière, après le cours de français. J'étais anéantie par l'attitude de Jade. J'avais craint qu'elle ne m'adresse plus la parole, qu'elle ne boude, mais c'était bien pire. Elle me parlait comme à n'importe qui. M'adressait des sourires gentils. Pas de drame, pas de cris, une politesse indifférente. Même la présence de Robin et sa main sur mon genou, tout le long du cours, n'avaient pu me réchauffer.

– Bien sûr, il y a « alma mater », la mère nourricière, en latin. Elle devient la Vierge Marie pour les chrétiens.

M. Sudre avait finalement raccroché son manteau et écrit mon prénom au tableau, en lettres majuscules. J'ai commencé à me dire que j'allais passer la récréation dans la classe et que ce n'était pas plus mal.

– L'étymologie n'est pas évidente, comme toujours. Alma pourrait signifier « nourricière », « bienfaisante », « encourageante ». Cela vous va très bien.

Je me suis rassise au dernier rang et j'ai fixé les lettres. Peut-être aurais-je eu moins d'ennuis si je m'étais appelée autrement.

– J'aime tout particulièrement les deux A encadrant ce mot si bref. Vous savez que, selon certaines hypothèses, la lettre A représentait, à l'origine, une tête de bœuf ?

Cette nouvelle m'a fait plutôt plaisir. J'ai beaucoup de sympathie pour les vaches et il ne me déplaisait pas de transporter partout avec moi un petit troupeau virtuel. Tout en écoutant M. Sudre rêver sur mon prénom, j'observais les cheveux gris hérissés ceignant sa calvitie rose. Son crâne évoquait un nid.

– Vous avez l'air infiniment triste, Alma, a-t-il constaté tout à coup. C'est triste, d'être triste à votre âge.

Il ne me plaignait pas. Il me reprochait plutôt ma tristesse.

– Vous savez, a-t-il poursuivi en s'asseyant à son bureau, je viens d'avoir cinquante ans. Je peux vous dire que ça fiche un coup dans la couenne.

Le relâchement soudain de son vocabulaire m'a contrariée. Je ne souhaitais pas qu'il me fasse des confidences. Les épanchements des adultes me mettent mal à l'aise.

– Lisez Verlaine, a-t-il finalement conseillé, après un long silence. Ça vous remontera le moral.

J'ai noté docilement le nom sur mon téléphone. A priori, Verlaine n'était pas le mieux indiqué pour lutter contre la désespérance. J'avais le souvenir d'un vieil ivrogne assis en terrasse, sirotant de l'absinthe. Et aussi de poèmes sinistres où il était question de vent mauvais, de vieux parc solitaire et glacé ou de cœurs pluvieux. À côté de lui, Baudelaire était un humoriste professionnel.

M. Sudre a lu dans mes pensées. Je crains qu'elles ne soient trop lisibles. Il faudrait que je trouve le moyen d'installer un verrou si je veux prétendre à un minimum d'intimité mentale.

– Justement, plus c'est triste, plus ça réconforte. Croyez-moi. Ne lisez surtout pas les auteurs comiques quand vous allez mal. Surtout pas. Le rire est un fil tendu au-dessus des gouffres.

En disant cela, il m'a fixée d'un œil très rond et très noir, comme s'il voulait m'hypnotiser avant de me couper en morceaux. Je me suis déplacée aussi lentement que possible vers la sortie ; il m'a saluée gentiment, en agitant la main. Il m'évoquait un vieux naufragé, assis à son bureau, dans cette classe déserte.

J'ai rejoint Robin dans la cour, juste au moment où la sonnerie retentissait. Je suis passée devant Jade. Elle s'entretenait avec Ludivine, une drôle de fille qui m'a toujours mise mal à l'aise. Leurs deux regards m'ont accompagnée jusqu'à Robin. Dès qu'il m'a vue, il a quitté son groupe de copains et s'est approché de moi. Je me suis crispée. Au collège, une telle attitude de sa part aurait déclenché un tonnerre de rires. Non, une cascade de caquètements. Je ne me rappelais plus la bonne expression, la proximité de

Robin me faisait perdre tous mes moyens. Toujours est-il qu'au lycée, par une espèce de miracle tranquille, les gens deviennent globalement humains, cessent de s'asséner des coups à tout propos, de se pincer, de se moquer. C'est un message que j'adresse à mes frères et sœurs d'infortune, encore incarcérés dans leur collège. La délivrance approche, tenez bon.

– Qu'est-ce que tu dis ? m'a demandé Robin de sa voix si vibrante qu'elle me donnait l'impression, quand je l'entendais, de caresser un animal. Une bête sauvage, peu habituée aux caresses. Un être farouche, d'abord rétif puis consentant. Un kangourou, par exemple.

– Rien du tout. Je pensais au collège. Excuse-moi, le prof de français m'a retenue.

Je n'aurais pas dû apporter cette précision parce qu'il s'est figé au lieu de me prendre dans ses bras comme il en avait visiblement l'intention.

– Pourquoi tu t'excuses ?

C'était vrai. Pourquoi ? Parce que je n'avais pas passé toute la récréation serrée contre lui. C'était une offense à l'Ordre des Choses. On n'a qu'une toute petite vie, après tout, dans laquelle les récréations sont rares. J'ai tenté de le lui expliquer tandis que nous remontions l'escalier.

– D'accord, Alma. Mais on est libres. On ne s'excuse pas.

Il n'a pas jugé bon de développer. J'ai pris note. On ne s'excuse pas. J'en reparlerai avec Octave.

Les cours suivants se sont déroulés. Pour une fois, le mot convenait bien. Ils se sont déroulés comme d'énormes tapis de laine qu'il fallait pousser, tous ensemble, prof compris, pour les étaler sur le sol. À la fin du cours, un nouveau tapis se formait et nous poussions, dans la poussière, à trente-cinq. Néanmoins, cet effort répétitif ne me décourageait pas. Malgré Jade, j'étais heureuse. Plus j'y pensais, plus je voyais dans son attitude la manifestation d'une jalousie grossière. On a toujours du mal avec le bonheur des autres. Et puis Robin avait un plan. Nous étions convenus de le peaufiner le soir même, au Mithridate, un petit café tranquille situé à quelques rues du lycée. Voilà encore un autre avantage de vieillir, camarades collégiens. Vous verrez, vous aussi vous pourrez un jour vous installer après les cours dans de petits cafés tranquilles sans que personne n'y trouve à redire. Vos parents vous raconteront qu'eux aussi, de leur temps, ils refaisaient le monde dans des bars et vous penserez qu'au vu du résultat ils auraient peut-être mieux fait de rentrer directement à la maison. Toujours est-il que le Mithridate était très confortable et que la petite banquette d'angle, dissimulée au fond de la salle, était faite pour Robin et moi. J'y ai pris place, avec le sentiment, pour une fois, d'être une fille de mon âge.

Robin connaissait mieux que moi les usages. Il a fait un signe au patron avec un naturel confondant. Ce naturel constituait précisément l'une des caractéristiques de ce que Jade appelait l'éducation bourgeoise. Robin était bien élevé, comme disait ma grand-mère. Mais ce signe, ce geste à peine perceptible doté du pouvoir d'attirer magiquement l'attention du tenancier était incontestablement bourgeois. J'ai failli me sentir triste. Je n'étais pas à ma place sur cette banquette. Par chance, il s'est vite lancé dans les explications. Il avait réfléchi toute la journée, et son enthousiasme était communicatif.

– Alors voilà. (Ses mains ont dessiné un espace carré sur le bois de la table. Un genre de territoire bien défini.) On va partir de l'hypothèse que Jade a raison.

Il m'a regardée avec un sourire moqueur. Je suis désolée, mais il faut absolument que j'explique mieux ce sourire. Moqueur donne une première idée. Il y avait, dans ce sourire, de l'espièglerie joyeuse nuancée d'une goutte d'appréhension impatiente.

– Tu m'écoutes ?

– Oui, pardon.

– Qu'est-ce que je disais ?

– Aucune idée.

Le patron est arrivé en demandant ce que nous désirions. J'ai choisi un chocolat chaud maison. Puis j'ai craint de passer pour une tourte végétarienne au fenouil, la chose la plus stupide au monde. La plus inadaptée. Mais Robin a validé ma commande avec une autre sorte de sourire, constitué cette fois de gaieté débonnaire et gourmande. Il le rajeunissait d'une quinzaine d'années. Ma passion pour ses sourires, je le voyais bien, risquait d'amoindrir considérablement mes facultés de compréhension. Je me suis concentrée sur son oreille droite. Il a opté pour un café crème. Il n'allait pas dormir de la nuit. Tant mieux, moi non plus.

– Donc je t'explique. Au lieu de te braquer contre Jade, de te draper dans ta dignité, de bouder, tu imagines qu'elle a raison.

– Super. Quand elle dit que je suis une fille superficielle et égoïste ?

Son oreille a tiqué. Je suis restée concentrée.

– Tu vois, là, tu te braques. Ce qu'elle te reproche, c'est de ne pas t'intéresser assez au monde, si j'ai bien compris.

J'avais à cœur d'en rajouter sur l'offense que j'avais subie mais le chocolat est arrivé, détruisant mes dernières résistances.

– Donc, on va s'intéresser au monde.

J'ai bu une gorgée. Dieu existait.

– Au monde ?

– Oui, au monde. Aux pays en guerre, aux victimes, à l'Afrique…

J'ai quitté son oreille, à la faveur du nuage de vapeur qui faisait danser sa silhouette devant mes yeux larmoyants. Le flou lui allait bien.

– Très bien. Et ensuite ?

– Ensuite, elle n'aura plus rien à te reprocher. Tu verras. Ça se fera tout seul.

Ainsi, tel était son plan. J'étais déçue. En somme, on allait faire des fiches.

– Bien sûr, il faudra aussi qu'on s'investisse. Comme elle. Dans des associations.

Pour les premiers moments de mon amour avec l'homme idéal, j'avais imaginé des activités plus romantiques que de servir la soupe à des nécessiteux ou d'alphabétiser des petits Noirs. Par chance, cette infecte pensée, formée bien malgré moi, je le jure, n'a pas franchi l'enclos de mes lèvres, trop occupées à s'immerger dans la mousse chocolatée. J'ai espéré que Robin n'était pas aussi doué que M. Sudre pour lire en moi. Il a eu, en tout cas, la gentillesse de ne rien dire. Mais mon manque d'enthousiasme devait être assez évident, car il m'a offert un nouveau sourire que je définirais, après une longue consultation du dictionnaire, comme folâtre et mutin.

– Des objections ?

J'ai haussé les épaules. Il m'a fallu du temps pour cerner ma réticence. Bien sûr que j'en avais, des objections. Mais, à les envisager honnêtement, la plupart d'entre elles étaient des reproches déguisés à l'égard de Jade, des plaintes, des couinements de mon âme blessée. Je me représente souvent mon âme comme un genre de souris très soyeuse, couinant quand la vie lui écrase la queue. De quel droit Jade piétinait-elle notre passé commun, quand nos deux âmes-souris galopaient joyeusement ensemble, tournant dans la même roue ? J'étais nostalgique de mon avenir avec elle, de nos futures virées en voiture vers le bout du monde.

– Non. Pas d'objections. On verra bien.

J'avais hâte de passer à la suite de l'entretien. Elle consisterait, selon moi, à mêler sur nos lèvres son café et mon chocolat pour préparer un cappuccino paradisiaque. Dans ce dessein, j'ai tenté de me rapprocher insensiblement de lui, mais le pied de ma chaise a grincé sur le sol, poussant une sorte de braiement aigu qui a couvert la musique d'ambiance. Tous les regards se sont tournés vers nous et j'ai dû replonger dans mon chocolat, où une pensée m'a frappée.

– Pourquoi tu fais ça ? ai-je demandé.

Surpris, il a parcouru le bistro d'un regard circulaire, cherchant peut-être dans le décor ce qui motivait ma question.

– Pourquoi tu tiens absolument à nous réconcilier, Jade et moi ?

Sa surprise s'est accentuée. Il ressemblait à un chaton dans le faisceau d'une torche brusquement allumée.

– Mais... Parce que... Je ne sais pas.

Je n'étais pas peu fière de le confronter à son propre mystère, et d'avoir débusqué dans sa psyché une énigme qu'il ne soupçonnait pas. Ce garçon ne pourrait plus se passer de moi. Je serais son Ariane dans le labyrinthe de ses ténèbres intérieures. Charitablement, je lui ai proposé une piste.

– Tu ne supportes pas que je sois malheureuse ?

Il a secoué la tête négativement. Un peu trop vite à mon goût. Je n'aimais pas qu'il s'accommode de mon désespoir. Peut-être s'en est-il aperçu, car il a tempéré :

– Il n'y a pas que ça.

Mais il n'a pas poursuivi. La question l'intéressait visiblement, et il allait s'y consacrer, mais je n'en saurais pas davantage pour le moment.

Nous ne nous sommes embrassés que beaucoup plus tard, sous un platane humide. Je dirai simplement que le baiser compensait largement l'attente. Peut-être même conseillerais-je aux amoureux de différer l'étreinte le plus longtemps possible, en faisant le tour des sujets géopolitiques sensibles. Le résultat est atomique.

Quand je suis rentrée, Octave m'a ouvert la porte. En fait, j'avais mes clés, mais comme ni mon corps ni mon esprit ne m'obéissaient plus, j'ai passé un bon quart d'heure à essayer d'ouvrir avec mon stick de gloss. Un très bon quart d'heure. Un excellent quart d'heure, entièrement consacré au souvenir inlassable des yeux mi-clos de Robin, en gros plan. Octave, lui, s'attendait visiblement à affronter un cambrioleur. Il a posé sa batte de base-ball avec un soulagement visible.

Mes parents semblaient moins inquiets. Leurs rires s'échappaient du salon, ponctués de tintements de verres. C'était l'heure sacrée de leur apéritif du soir.

– Où étais-tu ? J'étais mort d'inquiétude.

Octave ne manquait jamais une occasion de recycler les répliques de ses feuilletons préférés.

– Au Mithridate.

Je montais déjà les escaliers vers ma chambre, pour me connecter à Robin.

– Au Mithridate ! a modulé la voix d'Octave, avec les inflexions dramatiques d'une cantatrice avant la mise à mort du dernier acte.

Je n'étais pas d'humeur à subir ses leçons, ni même à supporter le martèlement de ses chaussons sur les marches de bois. Je ne voulais pas qu'il me suive. Je n'aspirais qu'à me recueillir en attendant de pouvoir joindre Robin, et peut-être à faire un tour sur quelques-unes des chaînes YouTube auxquelles j'étais abonnée. Une fille, notamment, faisait visiter l'appartement design que ses parents richissimes lui avaient offert à Paris. Parfois, elle sirotait un cocktail bleu en maillot de bain dans son jacuzzi de marbre. C'était une vision assez relaxante.

– Tu te jettes beaucoup trop vite dans ses bras ! sentenciait Octave. Ça va mal finir.

Il avait visiblement établi une stratégie précise, concernant Robin et moi, et détestait que je prenne des initiatives sans le consulter. À ses yeux, le Mithridate aurait sans doute dû être précédé d'une multitude d'étapes préliminaires dont la liste avait été élaborée en concertation avec mamie.

– Les garçons… hésitait-il maintenant, sur le seuil de ma chambre, les garçons sont des brutes assoiffées de… eh bien, de sexualité. Je les connais. Si tu entendais ce qu'ils disent dans les vestiaires, tu… Il ne faut pas que tu entres un jour dans des vestiaires de garçons, tu m'entends ? Jamais.

J'ai posé un bisou sur son front rougissant. J'adorais

qu'il veille sur ma vertu. Octave s'était toujours montré extrêmement idéaliste, et le bouillonnement hormonal de ses condisciples, moins raffinés, l'avait bouleversé plus qu'il ne voulait le reconnaître. Imaginer sa sœur chérie livrée aux griffes des démons luxurieux tapis dans les salles de sport l'empêchait probablement de dormir.

– Ne t'inquiète pas. Tu as du Verlaine, dans ta bibliothèque ?

Octave collectionnait les livres et passait beaucoup de temps dans les bouquineries. Il s'agissait moins pour lui de les lire que d'y découvrir un secret. Sa théorie était qu'une guilde ésotérique avait disséminé des indices dans les ouvrages publiés depuis Gutenberg. Celui qui parviendrait à les décrypter connaîtrait l'explication de la plupart des catastrophes, coups d'État et complots endeuillant l'histoire humaine. Il aurait accès aussi aux infamies ourdies dans l'ombre. Octave mettait au point des codes et prétendait avoir déjà bien progressé. Il avait sa petite idée sur les attentats du 11 septembre 2001, grâce au lien qu'il avait décelé entre un ouvrage d'herboristerie du XVIIIe siècle et la traduction d'un roman russe contemporain.

– Verlaine ? Pourquoi Verlaine ?

Son inquiétude augmentait.

– Mon prof de français me demande de le lire.

Il a hoché tristement la tête et m'a laissée tranquille quelques minutes. Puis il est revenu avec un mince volume intitulé *Romances sans paroles*.

– Ça me plaît ! ai-je approuvé en m'emparant du livre. Merci !

Ensuite, je l'ai chassé de ma chambre. Robin était en ligne.

4
Ciel de cuivre

Quelques jours ont ainsi passé, tristesse et liesse étroitement tressées. J'ai lu Verlaine. Au début, ses vers m'ont traversée comme les rayons d'un soleil d'automne. Un soleil de Toussaint, pâle et frais. Puis j'ai pleuré en découvrant ceux-ci :

« Soyons deux enfants, soyons deux jeunes filles
Éprises de rien et de tout étonnées »

C'était Jade et moi, avant. Ensuite je me suis éprise de Robin, et Jade de l'espèce humaine. Enfin, j'imagine. Mais, comme l'avait plus ou moins expliqué M. Sudre, mes larmes me consolaient. C'était très reposant de les voir tacher les pages jaunâtres du vieil exemplaire prêté par Octave.

Entre deux poèmes, j'ai commencé à combler mes lacunes. Elles étaient graves et profondes. J'ai picoré au hasard dans les calamités internationales, en commençant par celles dont la télé nous parlait le plus souvent, et que je refusais de regarder en face parce que c'était insoutenable. Les victimes du virus Ebola, celles des guerres de Syrie et d'Irak, les gens qui se noyaient en fuyant leur pays ravagé, les otages, les disparus, les exilés. J'ai surfé sur des sites d'actualité, lu des commentaires d'internautes en colère, auxquels je ne comprenais pas grand-chose. J'ai appris que, cette année encore, le nombre de repas servis aux pauvres par les associations allait augmenter, en France. Bien à l'abri derrière mon écran, j'ai dévisagé des ouvriers en grève alignés sous des banderoles, devant de sinistres usines fermées.

Merci Jade.

Quand je n'en pouvais plus, je retournais à mes chaînes YouTube et passais quelques minutes avec la fille pérorant dans son appartement de luxe et énumérant les bibelots qu'elle venait de chiner dans d'adorables petites boutiques. J'essayais de rire aux blagues de Cyprien et de Norman. Je suis même restée toute une soirée sur le site d'un gamer commentant en direct ses propres parties de jeux vidéo, à la manière d'un journaliste sportif. J'avais du mal à croire que ce garçon vivait sur la même planète que les enfants indiens. Ceux qui sont obligés de travailler pour confectionner les vêtements vendus dans les enseignes où j'adore faire du shopping.

Quand j'éteignais mon ordinateur, mon degré d'optimisme approchait celui du moucheron pris dans la toile et guettant du coin de l'œil la grosse araignée occupée à nouer sa serviette autour de son cou poilu.

« Le ciel est de cuivre
Sans lueur aucune.
On croirait voir vivre
Et mourir la lune. »

Merci Verlaine.

Je pouvais parler de tout ça avec Robin. Le Mithridate était devenu notre quartier général et nous y passions des heures de plus en plus longues, après les cours. Octave se rongeait les sangs. Une fois, sa petite tête était apparue derrière la vitrine, pareille au spectre d'un poussin. Il lui arrivait de nous suivre et de filer, sur son skate, quand je le repérais. Une autre fois, j'ai aperçu Ludivine qui passait sur le trottoir. J'ai eu l'impression qu'elle ralentissait pour nous scruter à loisir.

– Quand même, me disait Robin, c'est pas parce que les gens perdent leur emploi dans des usines bretonnes que Jade doit cesser de te voir.

– Mais non. C'est parce que avant, je m'en foutais.

Il hochait la tête, pas convaincu.

Un jour, il m'a dit qu'il aimerait bien venir chez moi.

– Chez moi ? Tu veux dire chez mes parents ?

Il a ri. Pas moi. Finalement, j'aimais que le monde soit cloisonné. Chacun dans sa case, chacun dans une fenêtre du Grand Ordinateur, les chômeurs d'un côté, les gamers de l'autre, mes parents chez eux et Robin au Mithridate.

– Ben oui. J'aimerais bien savoir comment tu vis. J'ai une petite idée de ta chambre, grâce à Skype, mais tout ça reste très immatériel.

Mon Dieu. Sa façon de détacher ces derniers mots en me caressant la main, par-dessus nos tasses à moitié vides, m'a propulsée dans les confins d'une Voie lactée orange et bleue, parfumée à la noisette.

– Tout à fait, ai-je bêlé. C'est immensément normal.

Je mettais toujours du temps à récupérer mes mots, après ses caresses. Il fallait absolument que je me blinde, comme ces héroïnes américaines au visage en plastique, faisant au mieux l'aumône d'un sourire amusé aux attrayants superhéros mourant d'amour sous les balcons de leur aéronef.

– On pourrait dire samedi après-midi ? a suggéré Superman en touillant son café.

– Comment ça ?

– Eh bien, tu vois, on laisse passer la matinée du samedi. Ensuite on déjeune, et après je me pointe chez toi. Ce sera pratique puisqu'on n'a pas cours le week-end.

J'ai analysé une à une toutes ces données. Aurais-je le temps, d'ici à samedi, de nettoyer intégralement toute la maison, de chasser les araignées, de détruire leurs toiles, de pelleter les monceaux d'objets encombrant la chambre d'Octave pour les répartir dans des coffres inviolables, afin que Robin ignore que mon frère collectionnait les squelettes de musaraigne, les gobelets en plastique, les cailloux jaunes et les figurines japonaises ? Aurais-je le temps d'expliquer à mes parents qu'ils ne devaient en aucun cas raconter à Robin comment ils s'étaient rencontrés ni qu'ils aimaient le naturisme, ni quoi que ce soit d'autre, qu'ils devaient feindre d'être tous les deux aphones ? Malades ? Contraints de garder la chambre ? Partis en montagne pour soigner leurs poumons fragiles ?

– Samedi ? Parfait. Très cool. J'adore le samedi, justement.

Silence. J'ai fini ma tasse. J'ai regardé la nuit tomber derrière la vitrine. Je me suis gratté le nez, la tête, le genou. Je me suis mouchée. J'ai tenté de finir à nouveau ma tasse. Il m'a attrapé la main.

– Ne stresse pas. Si tu veux, on continue de se voir ici. En terrain neutre. Tu penses peut-être que c'est trop tôt pour me présenter ta famille ?

Il était devenu tout timide, les yeux baissés, la voix légèrement assourdie, un nuage de rougeur tiède traversant lentement son beau front, avec cette petite moue modeste qui me donnait toujours envie de le plaquer contre le mur pour lui arracher ses vêtements.

– Trop tôt ? Tu plaisantes ?

J'ignore pourquoi mais j'avais posé la question d'une voix terrible, en roulant des yeux. Plusieurs clients se sont tournés dans notre direction. J'ai sorti mon téléphone, sans aucune raison, fixé son écran noir où mon reflet surpris me regardait avec embarras, puis je me suis levée.

– Il faut que j'y aille. J'ai l'Égypte à potasser.

– L'Égypte ?

– Oui. Je reprends toute la chronologie depuis l'affaire du canal de Suez. 1956.

J'ai laissé quelques euros sur la table et me suis dirigée vers la sortie. Je me demandais s'il n'allait pas falloir retapisser ma chambre. Le papier peint datait de mon huitième anniversaire. À l'époque, j'étais branchée oursons et mes parents avaient accepté d'orner mes murs de petits plantigrades exaltés habillés en Tyroliens. Je doutais que cela cadre avec les goûts de Robin. Il m'avait confessé son attirance pour la peinture flamande du XVIIe siècle. Quand je parlais avec lui sur Skype, je m'arrangeais pour que la webcam soit tournée vers un petit tableau de Rembrandt que j'avais découpé dans un calendrier.

– À samedi, alors ?

– Tout à fait. Je règle les modalités et je te rappelle.

– Pardon ?

– Rien.

Nous étions jeudi. Je disposais de deux soirées. Je suis rentrée en courant et me suis ruée vers les produits d'entretien remisés sous l'évier de la cuisine. Octave et mes parents préparaient le repas. Je les ai à peine salués.

– Que se passe-t-il ? a demandé mon père en faisant des miettes avec son toast aux rillettes de maquereau, confectionnées par mon frère.

– Cette maison est sale ! ai-je crié en enfilant des gants de plastique rose. Je n'aurai pas le temps de manger ce soir.

Ensuite, j'ai rempli un seau d'eau tiède et frotté sans méthode toutes les zones dont la vue était susceptible d'offenser la sensibilité bourgeoise de Robin. Intrigués, Octave et mon père me regardaient faire en mâchant leurs rillettes.

– Il vient quand ? a demandé mon père.

– Qu'est-ce que tu racontes ? Pas du tout.

– Si tôt que ça ?

– Samedi. Je ne serai jamais prête.

Alors, la fatigue et les émotions accumulées m'ont littéralement mise à genoux. J'ai explosé en sanglots ; les larmes coulaient dans mon seau.

– Viens là, ma petite Cosette, a murmuré mon père.

Il m'a prise dans ses bras et j'ai continué de pleurer dans son cou. C'était très agréable.

– Je suis désolée, ai-je réussi à bégayer, en m'y reprenant à quatre reprises.

– Désolée ? Mais de quoi ?

Il m'avait allongée sur un vieux sofa défoncé, déparant un angle de notre grande cuisine. Octave s'occupait de dénouer mes lacets, comme d'habitude, et ma mère m'apportait un bol de tisane, ordinairement réservé aux gastro-entérites, mais elle avait improvisé dans l'urgence.

– Je… la maison n'est pas sale mais…

– Mais tu as peur de te taper la honte devant ton copain.

J'ai hoché la tête en serrant le bol brûlant dans mes mains gelées. C'était le bol de mon enfance, il était, lui aussi, décoré d'un ours bavarois. Une vaguelette de sensiblerie m'a éclaboussée. J'avais tout à coup besoin de leur dire mon amour, de leur expliquer à quel point je leur étais reconnaissante de m'avoir mise au monde, un monde que j'adorais malgré sa cruauté infinie. Je voulais qu'ils comprennent que je n'avais pas honte d'eux, mais que je ne pouvais pas accueillir Robin dans un tel taudis.

J'ai préféré me taire. Je connaissais déjà le discours qu'ils allaient me servir : tu dois être toi-même. Si ton ami t'aime vraiment, il acceptera ta famille telle qu'elle est. La différence de milieu n'a jamais été un obstacle aux belles histoires, ainsi qu'en témoignent des œuvres majeures comme *Un amour de Swann* ou *La Belle et le Clochard*.

– Elle a raison, a admis mon père.

Ma mère a feint la surprise.

– À quel propos ?

Mon père a successivement pointé sa tartine de rillettes vers l'évier encombré de vaisselle, les piles de magazines sur le frigo, le buffet jonché de CD, jamais remis dans leurs boîtiers, le linge séchant au-dessus du radiateur, la hotte grasse, le courrier entassé sur la console.

Chez nous, c'était comme si la matière se rebellait. Pas de périmètre net, pas une chose à sa place et, d'ailleurs, pas de place pour les choses. Un conflit sournois, épuisant, entre les choses et l'espace. Entre l'ordre et les choses. Il y avait bien des placards et des tiroirs, comme ailleurs, et des bibliothèques pour les livres, et des poubelles. Mais les vêtements jaillissaient de leurs niches, des manches pendaient, un seul cintre pouvait supporter l'entremêlement de plusieurs robes, ceintures, écharpes tordues. Des chaussures renversées jonchaient le bas des armoires, des journaux se froissaient sous les tables basses et sous les meubles, parmi de soyeux moutons, lambeaux de prospectus, aiguilles à tricoter, débris qu'on n'identifiait plus.

Les livres et les revues portaient la marque d'anciens classements. Les noms des auteurs suivaient jusqu'à un certain point le fil de l'alphabet, des rudiments d'arithmétique avaient sans doute assigné leur place aux premiers numéros. Mais bien vite, des intrus surgissaient, ouvrages compulsés et remis au hasard, approximativement, volumes trop importants pour se ranger ailleurs, brochures d'autres espèces et qu'il fallait bien caser quelque part. Sans compter tous ceux qui restaient à l'air libre, ouverts, à cheval sur les accoudoirs, cornés.

Surtout, on employait au mieux tous les vides, tous les blancs. Entre deux meubles, l'interstice pouvait loger une liasse de dessins d'enfants. Le haut des bibliothèques recueillait en piles denses tous les documents administratifs, pas un plateau sans bibelot, écorce trouvée dans une promenade, fleurs séchées en vrac, chrysalide écrasée.

– Ça craint, a conclu mon père.

Ma mère a haussé les épaules. Leur détestation commune du ménage leur était toujours apparue comme la marque d'une indépendance d'esprit quasiment libertaire, et le refus de toute aliénation.

– Qu'est-ce que tu proposes ? a-t-elle demandé d'une voix pincée.

Mon père a réfléchi quelques instants.

– On a deux jours de RTT à poser, non ?

Ma mère s'est aussitôt insurgée :

– Tu plaisantes ? C'est pour notre thalasso en amoureux !

Leurs sacro-saints « moments d'évasion » (Octave et moi étions sans doute la prison), leurs « parenthèses dorées », indispensables, selon eux, à l'« équilibre de leur couple » pourtant plus stable, à mon avis, qu'une moissonneuse-batteuse.

– Ma chérie, a grondé affectueusement mon père. Il y va du bonheur d'Alma.

Leurs six yeux se sont tournés vers moi (je rappelle qu'Octave était présent, mes parents, en dépit de ce que j'ai dit, ne sont pas tout à fait des mutants) et j'ai cru y voir briller de petites larmes. Trois gros soupirs ont gonflé leurs poitrines.

– OK, a cédé ma mère. On va prendre la journée de demain pour faire le ménage. Samedi, tout sera nickel. Octave, j'appellerai ton collège aux premières heures. À partir de maintenant, tu es officiellement malade. On ne s'en sortira pas sans toi pour déblayer ta chambre.

Octave a hoché gravement la tête. Il raffolait des veillées d'armes.

– Je reste avec vous ! ai-je proposé, ragaillardie.

– Pas question, a tranché mon père. Ton ami se douterait de quelque chose.

Puis il a enfilé le tablier à fleurs que ma mère lui avait offert parce qu'elle aime qu'il le porte torse nu, et a commencé à inspecter le chantier en donnant de brèves indications. Octave les notait soigneusement.

– Ça, on jette. Ça aussi. Ici, on lessive. Il faudra virer ce tapis et décrocher les posters. Je me charge de décaper le four.

Dans ma chambre, il est demeuré perplexe, face au mur.

– Qu'est-ce qu'on va faire, pour les ours ?

J'étais ravie qu'il pose la question. Je craignais de leur faire de la peine en suggérant qu'on pouvait peut-être evisager une déco plus contemporaine. Mais je n'ai pas eu besoin d'argumenter. Ce grouillement de mammifères déguisés l'indisposait, tout à coup.

– Je n'ai pas le temps de décoller le papier peint d'ici à samedi. Mais je vais passer un coup de peinture blanche par-dessus. On n'y verra que du feu.

Ensuite, nous nous sommes mis au travail.

5
Palimpseste

Le samedi, à midi, notre maison rutilait comme un œil neuf. On aurait dit qu'une équipe de la télévision avait investi les lieux en notre absence pour tout réchampir et maroufler en accéléré. L'exact inverse d'une invasion de sauterelles. Le pire était que nous avions pris un grand plaisir, tous les quatre, à tracer des chemins à l'éponge dans la crasse des surfaces, à éjecter des rainures la poussière grasse et barbue, à retrouver les couleurs d'origine. Tout allait mieux, respirait, s'ébattait dans une lumière de vacances.

Le vendredi, j'avais laissé à regret Octave et nos parents continuer seuls. Mon père avait mis de la musique à fond, l'*Alma Mater* de Moonspell, un groupe de gothic metal portugais, avant de s'élancer dans les escaliers, muni d'un balai lave-pont. Ma mère avait vidé les tiroirs et Octave avait confectionné un édifice en Krisprolls. Toute la journée, au lycée, j'avais cru qu'ils ne s'en sortiraient pas, et qu'il faudrait émigrer chez grand-mère. Mais le soir l'essentiel était fait. Ils m'avaient laissé ce que je préfère : les détails. J'avais disposé des vases, des photophores, accroché des cadres et des tentures, harmonisé les motifs.

Leur plus grande réussite était sans conteste la chambre d'Octave et la mienne. Chez lui, tout était classé comme dans un cabinet de curiosités à l'ancienne. Les pièces les plus intéressantes de ses collections posaient sous des vitrines. Dans son aquarium détartré les poissons exécutaient d'audacieuses figures. Les livres étaient classés par couleurs, le microscope luisait.

Ma chambre était toute blanche. Effacée, mon enfance. Plus un ours. La copie de Rembrandt avait été remplacée par un véritable petit tableau représentant un intérieur flamand.

– Ta grand-mère te l'offre, avait expliqué mon père. Il faudra que tu laisses la fenêtre ouverte cette nuit pour que les murs finissent de sécher, mais je ne suis pas mécontent du résultat.

Je n'en revenais pas. Il était parvenu à transfigurer mon repaire sans déplacer le moindre objet. Les meubles avaient été regroupés au centre de la pièce et soigneusement protégés par des bâches. Rien ne manquait. Je l'avais pris dans mes bras, très longtemps, et j'avais humé son eau de Cologne. De si près, sa peau était moins ferme qu'autrefois, et ses tempes déjà grises.

– Regarde ! avait minaudé ma mère.

Elle avait ouvert la porte de leur chambre, elle aussi pomponnée comme une jeune mariée. Sur leur lit, parfaitement repassées, deux tenues complètes.

– Je nous ai choisi quelque chose d'à la fois simple et chic.

J'avais contemplé le tailleur perle et la veste de courtier en assurances gisant sur la courtepointe. Des costumes de scène.

– Maman, c'est très gentil mais… il faut que vous soyez vous-mêmes. Je ne vais pas vous demander de vous déguiser pour recevoir Robin.

– Ah, tu vois ! avait dit mon père, ravi. C'est bien ce que je te disais ! On s'habille comme d'habitude.

Mais je m'étais rappelé le vieux sweat Bob Marley qu'il enfilait le week-end, et le sarouel que ma mère portait pieds nus.

– Quoique… finalement, c'est plutôt joli ce que tu as pris, maman. Ça vous changera.

C'est ainsi que le samedi, dès midi, mes parents sanglés et boudinés dans leurs toilettes d'apparat faisaient les cent pas au salon. J'avais presque réussi à coiffer Octave à qui la raie sur le côté donnait un air de communiant démoniaque. Le parquet craquait sous nos pas nerveux. Nous n'avions pas déjeuné pour éviter de salir la cuisine. Un parfum floral nuancé d'encaustique flottait.

Je ne me rappelle plus ce que nous avons fait ensuite. Je crois que nous avons continué à marcher en rond et en large, à nous frôler dans cet air rafraîchi, à nous taire tous ensemble. J'avais parfaitement conscience du ridicule de ma situation, mais je ne pouvais m'empêcher de me sentir rassurée par la lâcheté dont j'avais fait preuve. Je savais un gré infini à ma famille d'être aussi tarte que moi dans l'épreuve. Je me suis juré d'accueillir, plus tard, toutes les petites amies d'Octave en grande sœur responsable mais complice. J'allais être une fille formidable. Il manquait un chat craquant, mais nous étions tous allergiques aux poils.

Robin a sonné à treize heures trente.

Tel un « hubot » dans *Real Humans*, j'ai progressé jusqu'à la porte.

J'ai ouvert.

C'était Jade.

Elle a cligné des yeux plusieurs fois. Son regard s'est porté vers les profondeurs du vestibule. Je me suis retournée. Ma famille se tenait derrière moi, au garde-à-vous, leurs visages barrés par le même sourire publicitaire.

– Bonjour, a dit Jade. Je… je vous dérange peut-être ?

Sa vue m'a fait l'effet d'une explosion silencieuse à l'intérieur d'un œuf. Chaque fois que je repense à ce moment, je perçois la déflagration muette, le jaune et le blanc se mêlant à jamais et le craquèlement de la coquille.

– Pas du tout ! Entre ! Bonjour, Jade.

Cette phrase avait été tonitruée par mon père. Moi, je me suis contentée de bouger les lèvres comme un poisson vomissant une bulle.

Au bout d'un moment, tout de même, j'ai recouvré une partie de mes facultés. Je lui ai tendu ma joue, elle y a déposé une bise timide puis j'ai tendu l'autre joue tout en m'efforçant d'atteindre la sienne à l'aide de mes lèvres encore engourdies par la stupéfaction. Les humains pourraient imaginer des rituels plus simples pour se saluer entre amis. Une simple pression de l'index sur le nez du partenaire, par exemple. Cela éviterait ces ennuyeux frôlements de visages. Octave et mes parents, toujours alignés derrière moi, ont embrassé Jade à leur tour et cela finissait par ressembler à une parodie de cérémonie, une étrange passation de pouvoir. Tous mes sens aux aguets, comme disaient les vieilles BD d'Octave, je guettais, en refermant la porte, l'arrivée du scooter de Robin.

Jade a tout de suite remarqué les changements dans la maison. C'est peu dire qu'elle était stupéfaite. Sa tête a tenté d'effectuer un panoramique à 360 degrés pour tout voir en même temps, mais elle s'est tue. J'ai repensé à sa mère passant l'aspirateur en chantant. Chez elle, tout était toujours propre. Rétrospectivement, j'ai compris qu'elle devait être étonnée par le désordre où nous nous vautrions jusqu'alors. À vrai dire, je l'étais aussi, maintenant. On ne voit la poussière que lorsqu'elle disparaît.

Pour éviter que ma mère ne lui propose quelque chose à boire et pour couper court à toutes les conversations, je l'ai tout de suite entraînée vers ma chambre. Les murs blancs l'ont saisie à la façon d'une eau glacée. Elle ne s'est pas jetée, comme d'habitude, sur le tas de coussins encombrant la ruelle entre mon lit et le mur. Il n'y avait plus de coussins mais une gracieuse table de nuit en noyer ciré. Elle s'est tenue debout, le visage tourné vers le petit tableau de grand-mère. Moi, je regardais la rue par la fenêtre, sursautant à chaque bruit de moteur. L'arrivée imminente de Robin me paralysait. Mes idées se formaient lentement. Si Jade était venue, malgré tout ce qu'elle m'avait dit, c'est qu'elle avait quelque chose de fondamental à m'annoncer. Peut-être souhaitait-elle s'excuser, nous raccommoder, m'offrir ce que je désirais le plus depuis la fatale Toussaint. Et pourtant, j'aurais tout donné pour qu'elle disparaisse magiquement, qu'elle revienne un autre jour, qu'elle ne croise surtout pas Robin. Qu'aurait fait une fille normale à ma place ?

Fille normale : « Excuse-moi, Jade, je vais appeler Robin en vitesse. En fait je l'attendais mais ça n'a aucune importance. Je vais lui dire de repasser un autre jour. Je suis si heureuse que tu sois venue. On a tellement de choses à se dire. »

Jade : « Oh ! non, je t'en prie, c'est moi qui… je n'aurais pas dû débarquer à l'improviste… je m'en vais. »

Fille normale : « Il n'en est pas question. Tu es mon amie depuis toujours et tu comptes pour moi plus que n'importe qui. Assieds-toi. »

– Alma ?

– Oui ?

– J'ai l'impression que tu parles toute seule. Tu marmonnes des trucs. C'est flippant.

– Moi ? Pas du tout. Je pensais à cette histoire de canal de Suez, en 1956. Une triste affaire. Je me demande si une partie des problèmes du Moyen-Orient ne vient pas de là. L'expansion de l'organisation État islamique m'inquiète. Pas toi ?

Quelque chose m'a coulé le long du nez. Une goutte de sueur.

– Alma, je suis désolée. Je voulais… je voulais m'excuser pour… ce que je t'ai dit l'autre jour.

Elle s'était approchée et tenait maintenant mes deux mains glacées dans les siennes. J'aurais tout donné à cet instant pour revoir l'intégrale de *Toy Story* avec elle, en pyjama, comme au bon vieux temps. J'ai souri faiblement, m'efforçant de chasser la vision obsédante de Robin sur son scooter qui bourdonnait dans ma tête comme une grosse mouche.

Fille normale : «Tu n'as pas à t'excuser. Tu m'as dit ce que tu avais sur le cœur depuis longtemps. La véritable amitié se doit d'être impitoyable. Et puis, grâce à toi, j'ai réfléchi sur moi-même. J'ai compris à quel point j'étais gamine. Mais je vais changer, tu verras. Je commence à ouvrir les yeux sur le monde. Je suis moins égoïste. Regarde, déjà, j'ai fait le ménage.»

Moi :

– C'est vrai que c'était dégueulasse. Juste le jour où j'avais enfin emballé Robin.

Elle a lâché mes mains en soupirant.

– Tu m'en veux, alors ?

– Évidemment que je t'en veux. J'ai failli crever. C'est ignoble de virer sa meilleure amie. En plus, qui tu es pour me donner des leçons ? Il faut mériter ton amitié, c'est ça ? Il faut donner des preuves ? Tu vas me coller une interro sur le canal de Suez ? Mais je m'en fous, du canal de Suez !

Elle a reculé vers la porte, à petits pas effrayés.

– Je comprends que tu sois en colère.

En colère ? Moi ? Bien sûr que j'étais en colère. Folle de rage. Une rage d'autant plus folle que je ne l'avais pas sentie s'accumuler. Forcément, je connais mal la fureur. D'habitude, au moindre conflit, je fais un gâteau pour réconcilier tout le monde. Et puis Robin ne m'avait pas aidée, avec son plan de reconquête. Il m'avait poussée à me soumettre à Jade. Il aurait dû m'encourager à m'expliquer avec elle. Maintenant, je ne contrôlais plus rien. Des mots irrémédiables montaient des profondeurs.

– Tu veux que je te dise ce que je pense de toi ? ai-je hurlé d'une voix que je n'avais jamais entendue. Je pense que tu es une grosse…

La porte s'est ouverte. Octave et Robin se tenaient sur le seuil.

– Robin est arrivé, a dit Octave.

– Salut, a confirmé Robin, son casque sous le bras.

Jade a hoché mécaniquement la tête. Ma colère s'était figée et commençait à se muer en une ratatouille d'animaux morts.

– Justement, j'allais partir.

– Non, attends ! Reste ! Je retire tout ! a voulu crier la fille normale.

Mais moi je n'ai rien dit. Je l'ai regardée se faufiler entre Octave et Robin. J'avais les yeux tout mous. Au bout d'un moment, elle n'a plus été là. La porte d'entrée s'est refermée. J'ignore où se trouvaient mes parents à cet instant. Avaient-ils parlé à Robin ? Mes pensées se frayaient un chemin pénible entre les blocs d'antimatière flottant dans mon cerveau.

– C'est bien, a dit Robin, une chambre blanche.

Octave a approuvé. J'avais oublié de le briefer, c'était une grave erreur. Il connaît mal les conventions de notre monde. Ce n'est pas de la mauvaise volonté. C'est l'extraterrestre qui vit en lui. Tout en continuant de hocher la tête, il s'est assis dans mon gros pouf laineux, posé contre le mur. C'est son pouf préféré. Il y passe souvent des heures pour me tenir compagnie. Quand il était petit, il pensait que l'immobilité le rendait invisible et c'était presque vrai. Il n'a pas complètement perdu cette conviction.

Dissimulant sa gêne avec une certaine élégance, Robin a fait quelques pas dans ma chambre, serrant toujours son casque contre lui. J'avais imaginé mille fois cette scène. Normalement, il aurait dû refermer la porte et me prendre dans ses bras, les yeux mi-clos, tandis que ses mains s'aventuraient…

– Ça ne sent presque plus rien, a dit Octave.

D'un geste circulaire, il a désigné les murs fraîchement repeints et a mis quelques secondes à mesurer la gravité de sa gaffe. Dans ces cas-là, sa réaction est toujours totalement inappropriée. Il a rougi, s'est levé brutalement et le vrai cauchemar a commencé.

Sur le mur, à l'endroit où il s'était adossé, un ourson nous regardait, arborant un sourire vengeur. De la peinture blanche maculait les cheveux et le dos d'Octave. Il n'a compris qu'en se retournant pour suivre nos regards.

– Aucune importance ! s'est-il exclamé. Il en reste plein dans le pot. Un coup de rouleau et…

Silence.

– Eh bien, je crois qu'il est temps pour moi de prendre une douche.

Silence.

– Je vais devoir vous laisser.

Sortie à reculons suivie d'une cavalcade vers la salle de bains.

– Il est marrant ! a souri Robin.

Je n'arrivais pas à déterminer s'il parlait de mon frère ou de l'ourson vers lequel il s'était penché, comme pour en examiner les spécificités. Le tableau de mamie ne l'intéressait pas beaucoup, en revanche.

Je me suis assise sur le lit, complètement découragée.

– J'ai tout fait pour éviter ça, je te le jure.

– Pour éviter quoi ?

– Ça.

Il s'est assis à côté de moi.

– Mais c'est très beau, cet ourson qui ne veut pas disparaître. On dirait un palimpseste.

– Un quoi ?

– Un palimpseste. Au Moyen Âge, on écrivait sur des parchemins. Parfois, on grattait le texte pour l'effacer et le remplacer par un autre. Mais l'ancienne écriture réapparaissait souvent, sous la nouvelle.

J'ai approuvé pour ne pas le contrarier.

– Avec cet ourson, ton enfance pointe sa truffe sous la page blanche de notre amour.

Là, j'ai trouvé ça carrément beau. Preuve supplémentaire que nous étions faits l'un pour l'autre, il était aussi mauvais que moi en métaphores. J'ai repensé à Jade, inopinément. Elle non plus ne voulait pas s'effacer. Il l'a compris. Ma grimace a dû être éloquente.

– Je suis arrivé au mauvais moment ?

– Non. C'est elle. Enfin, je ne sais pas. Je crois que j'ai définitivement tout gâché.

Je lui ai servi un résumé de la scène, déjà très

brève. Il m'a écouté avec une attention bouleversante. Son casque reposait à l'envers, tout près de nos fesses.

– Tu as bien fait.

J'ai secoué la tête.

– Non, c'est gentil de me défendre, mais je l'ai vraiment agressée. Si tu n'étais pas entré à ce moment-là, je l'aurais insultée.

– C'est normal. Elle a été violente avec toi.

– Elle n'est pas violente. Elle est sincère.

Il s'est mordu une petite peau, à l'intérieur de la bouche.

– Quelquefois, ça revient au même.

À cet instant, un hurlement a retenti. Robin a sauté sur ses pieds. Moi pas. J'avais reconnu la voix d'Octave et je devinais plus ou moins la suite. La porte de ma chambre s'est ouverte à toute volée et il est entré, en maillot de bain, complètement trempé.

– J'ai réussi ! a-t-il exulté en brandissant le poing. Au bout du troisième essai.

Robin m'a lancé un regard déconcerté. Quant à moi, j'avais l'impression presque agréable et, en tout cas, reposante, d'avoir atteint le fond d'un gouffre où la vie ne viendrait plus me déranger. Je suis restée assise sur le lit, caressant la place tiède que Robin venait de quitter.

– Depuis un mois environ, je m'entraîne à essayer

de sortir de la cabine de douche avant que les premières gouttes ne m'atteignent.

– Comment ça ? a balbutié Robin.

– Très simple, en théorie. J'allume l'eau et je saute hors de la cabine. Le but, c'est de jaillir avant d'être mouillé. Il y a beaucoup de paramètres à régler : la hauteur de la pomme de douche, la pression de l'eau. Bien sûr, il faut aussi s'accroupir avant de s'élancer, sinon l'eau nous touche tout de suite. Ça se joue en moins d'une seconde. C'est la première fois que je réussis. Je pense que c'est grâce à toi.

J'ai fixé mon attention sur le casque de Robin. L'intérieur donnait une impression de confort. C'était peut-être ce qu'il me fallait. Un casque. Pour me couper du monde et m'en protéger. J'avais été naïve de penser que je pourrais donner à Robin une image acceptable de ma famille. On ne contrôle pas tous les paramètres. Avec mon petit frère, j'étais à l'abri des prédateurs sexuels. Les garçons ne risquaient pas de s'attarder.

Quand j'ai posé à nouveau les yeux sur Robin, j'ai vu qu'il traversait la phase inévitable de bouleversement total consécutive à sa rencontre avec Octave. C'est un moment comparable à la découverte des ornithorynques ou des nombres à virgule.

– Attends, a-t-il demandé pour gagner du temps. Tu peux répéter ?

Octave a répété. Il n'est pas contrariant.

– C'est totalement dingue, a grommelé Robin.

J'ai hoché la tête et me suis emparée du casque, que j'ai pressé contre mon ventre. C'était la fin d'une belle histoire. Robin allait rentrer chez lui et tout raconter à ses parents. Dans quelques jours, les services sociaux viendraient nous retirer Octave et le placer dans une institution.

– Figure-toi que j'ai toujours rêvé de faire la même chose, a dit Robin, totalement bouleversé par cette coïncidence. Comme s'il avait rencontré son clone ou son compatriote caché. Peut-être qu'un extraterrestre l'habitait, lui aussi.

– Ben qu'est-ce qui t'a retenu ? a demandé Octave, tandis que les gouttes, sur sa peau tremblotante, dégoulinaient au ralenti.

Robin a haussé les épaules.

– Je ne sais pas. Pas sûr que mes parents auraient été d'accord.

– Vas-y, si tu veux. On a tout notre temps.

Je ne sais pas exactement ce qu'il entendait par là. Il m'a regardée, quêtant une confirmation de ma part. J'ai préféré continuer à caresser le casque. À son tour, Robin s'est tourné vers moi. Son visage était celui d'un petit garçon. Ses yeux brillaient.

– Ça t'embête si je fais un essai ou deux ?

Avant que je puisse répondre, il avait déjà défait les deux premiers boutons de sa chemise.

– Mais ne te fais pas d'illusions, a prévenu Octave. Tu es beaucoup trop grand. Les gouttes t'atteindront tout de suite.

– C'est ce qu'on va voir. Je pratique le judo. On travaille la souplesse et la rapidité.

Le strip-tease a été très bref. Il s'est retrouvé en caleçon, ses vêtements soigneusement pliés sur le pouf. Aux trois quarts nu, il ne se départait pas du tout de son chic aristocratique. C'était presque comme dans mes rêves, Octave et l'ourson en plus.

– Le thé sera prêt dans cinq minutes ! a claironné ma mère en passant sa tête très coiffée par l'embrasure. J'ai fait des scones.

En découvrant l'anatomie parfaite de Robin, elle a froncé les sourcils, l'esprit traversé par l'hypothèse d'une sombre orgie d'adolescents dépravés, mais Octave l'a rassurée :

– Il veut tenter sa chance au jeu des gouttes.

– Impossible, a-t-elle répondu en retournant à la cuisine. Il est beaucoup trop grand.

– C'est ce qu'on va voir, a rétorqué Robin.

Ensuite, je me rappelle les cris dans la salle de bains. J'ai ouvert le volume de Verlaine en posant ma main sur le pantalon inhabité de mon amoureux.

« Qu'est-ce que c'est que ce berceau soudain
Qui lentement dorlote mon pauvre être ? »
Il avait vraiment l'art de poser les bonnes questions.

6
Princesse

– Réponds-moi franchement. C'était une tactique pour te mettre mon petit frère dans la poche, cette histoire de douche ?

Le week-end avait fini par passer. Nous étions lundi soir et je rentrais du lycée, serrée contre Robin. Il m'avait fallu tout le dimanche pour laisser sédimenter le samedi. Des images, une à une, trouvaient leur place dans mon cortex. Ma vie intracrânienne, ces temps-ci, était un kaléidoscope. Au moment où je finissais de poser ma question à Robin, Ludivine nous a dépassés d'un pas pressé pour s'éloigner dans une rue latérale. Sur le moment, je n'y ai pas prêté attention.

– Franchement ? Non. Personne ne m'avait jamais donné l'occasion de jouer au jeu des gouttes. Je me demande si je ne vais pas promouvoir l'idée sur Facebook. Ça devrait buzzer.

– Ne fais pas ça. Il y aura des accidents.

C'était vrai. Nous avions déjà frôlé le drame quand Robin, galvanisé par le désir de vaincre, avait surgi de la cabine de douche en hurlant, glissé sur une flaque et zigzagué jusqu'à la baignoire. Il n'avait pas réussi à l'emporter sur Octave mais avait juré de prendre sa revanche.

– Je me sens bien chez toi. Ma famille est moins… fun que la tienne.

J'ai levé les yeux vers lui. Il me dépassait d'une bonne tête. Son chèche me drapait les cheveux. Contre toute attente, la suite de l'après-midi s'était déroulée presque normalement. Les scones de ma mère étaient trop cuits, ils ressemblaient à d'épaisses biscottes. La nouvelle chemise de mon père l'étranglait mais Robin n'avait accordé aucune attention à ces vétilles. Malgré mes recommandations, mes parents avaient tout de suite raconté leur première rencontre, puis confessé leur goût pour le naturisme. Mais Robin avait recueilli ces informations avec émerveillement.

– La mienne est vraiment beaucoup moins fun, a-t-il répété d'une voix rêveuse.

Tout à coup, je me suis crispée. À quelques mètres devant nous, Jade attendait le bus. J'avais évité de reparler d'elle avec Robin. Je n'avais pas voulu gâcher la fête galante. Mais quand je m'étais retrouvée seule dans mon lit, j'avais mesuré à quel point, cette fois, la rupture était consommée. Je m'étais repassé les quelques images de la visite de Jade. Plus j'y pensais, plus je me demandais ce qu'elle était venue chercher chez moi. Une réconciliation ? Ce mot commençait à perdre de son sens. Nous n'étions pas fâchées. Elle s'était juste lassée de moi. La lassitude ne se répare pas. C'est sûrement ce qui m'avait mise le plus en colère. Jade m'en voulait d'être celle que j'étais.

Et pourtant j'étais sûre qu'elle était venue dans l'intention de me dire autre chose. Mais ma fureur l'avait fait taire. Pour toujours, peut-être.

Robin a perçu ma crispation. Forcément. Son bras entourait mes épaules. À son tour, il a aperçu Jade. La nuit commençait à tomber. Le froid humide me rendait incapable de quitter la tiédeur de Robin. Il n'est pas certain que nous descendions du singe. Je penche plutôt pour une espèce grégaire. Nous sommes un grand troupeau disséminé par l'évolution. J'ai pensé aux deux petites vaches cachées dans mon prénom.

Si nous continuions à marcher, nous allions passer tout près de Jade. Et alors, que se passerait-il ? Faudrait-il détourner la tête ? L'ignorer ? C'était impensable. La bouderie m'avait toujours paru le comportement le plus infantile et le plus déraisonnable.

Quelques semaines plus tôt, à peine, quelques siècles

à l'échelle de la vie sentimentale, Jade et moi constituions une sorte de quadrupède bicéphale. Maintenant nous étions les lèvres silencieuses d'une plaie.

– On va lui parler, a dit Robin. C'est trop bête.

Il avait raison. À ce moment, ma confiance était totale. Lui seul pourrait nous sortir de là. D'ailleurs, Jade n'a pas fait mine de ne pas nous voir. Elle nous a regardés venir vers elle. Son visage était flouté par la nuit et j'avais du mal à voir ce qu'il exprimait. Rien d'immédiatement déchiffrable, en tout cas. Pas d'indifférence feinte ni de colère ostentatoire. Pas de plaisir non plus, c'était sûr. Et puis, quand nous avons été plus près, j'ai compris que c'était de la douleur. De la douleur toute simple. La même que la mienne, mais sans le bras d'un garçon autour de ses épaules.

– Bonsoir, Jade, a dit Robin.

« Bonsoir ». Encore ce vocabulaire bourgeois si agaçant pour elle.

– Bonsoir.

On se serait cru dans un club du troisième âge, un soir de championnat de belote.

– Je sais que ça ne me regarde pas, a-t-il poursuivi. Mais j'ai l'impression qu'il y a un gros malentendu entre vous. Je trouve ça triste.

– C'est triste, a confirmé Jade.

À ma surprise, elle ne refusait pas de s'exprimer.

Mais ce n'était pas bon signe. Elle avait dépassé le stade de la bouderie. J'en étais sûre, maintenant, elle me cachait quelque chose. Quelque chose de beaucoup plus grave qu'une simple rupture.

– Je regrette de t'avoir crié dessus, ai-je piaillé faiblement.

La circulation et les rires des passants couvraient ma voix mais elle avait l'habitude de lire sur mes lèvres. Elle a agité la main, comme pour effacer ou jeter au loin une chose sans importance.

– Non. Tu es en colère. J'ai eu ce que je méritais.

Je me suis serrée plus étroitement contre Robin. Je savais qu'il allait proposer de nous laisser seules, maintenant qu'il avait renoué le contact entre nous. Et je ne voulais surtout pas qu'il parte. J'avais peur.

– Si j'ai bien compris, a-t-il repris, captant peut-être mon message muet, tu en veux à Alma parce qu'elle est trop égocentrique ? Trop futile ?

Jade a haussé les épaules.

– Non. C'est comme ça qu'elle a interprété mes paroles. J'ai juste dit que je ne me sentais plus… en harmonie avec elle et que je ne voulais pas que notre histoire devienne une comédie.

– Tu joues sur les mots, a insisté Robin. Si tu ne te sens plus en harmonie, comme tu dis, c'est parce que tu la trouves trop gamine. Parce que toi, tu as l'impression d'être déjà adulte. Tu veux griller les étapes. On a seize ans, bordel !

Bizarrement, cette idée l'énervait.

– Et alors ? a demandé Jade, soudain glaciale. Ça te plaît d'avoir seize ans ?

– Ben ouais, a reconnu Robin. Je suis pas spécialement pressé de rejoindre le monde fabuleux des adultes.

J'ai cru que Jade allait exploser.

– Mais ça n'existe pas, le monde des adultes ! Ce qui existe, c'est le monde. Et tu es dedans. Tu es embarqué, mon pote. Tu crois qu'ils ont le choix, les enfants soldats, ceux qu'on entraîne dès le plus jeune âge pour qu'ils aillent se battre, à balles réelles ?

Mes récentes recherches me sont revenues en mémoire. Enfants soldats : Ouganda, Congo et… Tchad. J'étais incapable de situer ces pays sur une carte.

– Peut-être, a grogné Robin, contrarié de s'être engagé dans un débat trop ardu pour lui, mais nous, on a la chance que personne ne nous demande de dégommer notre prochain. C'est pas un crime d'en profiter.

– D'en profiter pour quoi ? Pour dégommer des prochains virtuels dans des jeux en réseau ?

Robin s'est renfrogné. Il était connu, au lycée, pour sa passion des jeux vidéo. Avant de le connaître, je partageais le mépris de Jade pour les geeks mais j'avais pallié mes déficiences en secret, dans ce domaine.

– C'est ça, vas-y. Sors-nous le petit couplet sur les jeux qui rendent débile.

– S'il n'y avait que les jeux ! Mais tu vois pas que TOUT est fait pour rendre les jeunes débiles ? Entre les addicts à Candy Crush, les maniaques du SMS, les mateurs de porno, les décérébrés de la télé-réalité, les footeux, combien sont capables d'aligner deux idées ? Deux mots ?

Elle mélangeait les sujets et ce qu'elle disait des jeunes s'appliquait assez bien aux adultes, mais je n'ai pas osé intervenir. Robin me serrait si fort que j'avais mal à l'épaule. Malgré l'éclairage parcimonieux, je voyais qu'il était blanc. Jade fulminait.

– Combien s'intéressent à ce qui se passe hors de leur bulle ? On n'a qu'une vie. Désolée, j'ai pas le temps d'être jeune.

Robin a levé les yeux au ciel.

– Mon bus arrive, a signalé Jade. Je vous laisse.

Je me souviens d'avoir rendu grâce au hasard. Il nous consentait enfin un répit. Il fallait que je réfléchisse. Ils avaient forcément raison tous les deux.

– On t'accompagne, a dit Robin.

Il m'a entraînée. Nous nous sommes retrouvés tous les trois dans l'autobus presque vide. Jade est allée s'asseoir au fond et nous l'avons rejointe. Robin a payé nos tickets. En trébuchant dans l'allée centrale, j'ai pris conscience que ce bus n'allait pas vers chez Jade. Il se dirigeait vers les faubourgs, les boulevards de ceinture, les quartiers sinistres où les immeubles portent des noms de fleurs ou d'écrivains.

Je me suis assise entre Jade et Robin. Je ne voyais pas comment reprendre la conversation. Jade regardait par la fenêtre ; la nuit collait aux vitres. C'était une situation sans nom, un moment de solitude à trois. Peu à peu, je me suis laissé bercer par le voyage. C'était aussi ma liberté toute neuve, de cahoter au crépuscule vers une destination inconnue. Je trouvais reposant de ne pas décider.

Au bout d'un long moment, Jade s'est levée pour descendre. Elle ne nous a rien dit, nous laissant libres de la suivre ou de continuer le voyage. Robin a tranché pour moi. Nous lui avons emboîté le pas et nous sommes retrouvés sur le trottoir. Un vent aigre s'était levé, agitant les franges du chèche de Robin. Maintenant, le silence devenait gênant. Mais Jade l'a rompu assez vite, comme si notre présence était naturelle.

– Je vais donner mon cours d'alphabétisation. Vous pouvez venir. Les apprenants aiment bien les nouvelles têtes.

– Les apprenants ? ai-je demandé, oubliant que nous étions en froid.

– Oui. C'est idiot mais c'est le mot qu'on utilise.

Elle a tapé un code, à l'entrée d'un immeuble assoupi. Dans le hall, en attendant l'ascenseur, j'ai envoyé un SMS à ma mère, pour qu'elle ne s'inquiète pas. J'ai vu que Robin en faisait autant. Jade paraissait beaucoup plus âgée que nous. La lumière électrique lui esquissait des rides.

Comme je les suivais des yeux en essayant de découvrir où elles prenaient leur source, la voix de Robin m'a surprise. Elle tremblait de colère.

– Tu regardes nos téléphones, c'est ça ? Tu penses à quoi ? Aux enfants forcés de travailler dans les mines de coltan ?

Je l'ai dévisagé à son tour. Il brandissait son smartphone comme s'il allait l'écraser sur la tête de Jade. Quelque chose avait dû m'échapper, je ne comprenais rien. Jade a fait un pas de côté. J'ai été heureuse de voir s'imprimer sur ses traits cet affolement enfantin. Quand elle faisait cette tête, autrefois, devant un dessin animé particulièrement horrifique, je la prenais dans mes bras.

– Du calme ! C'est toi qui parles des mines de coltan. Je n'ai rien dit.

– Des mines de quoi ? ai-je hasardé pour faire diversion.

– De coltan, a soupiré Robin en remisant son arme. Tu n'as pas regardé le reportage, l'autre jour ? Le coltan est un minerai utilisé entre autres dans les smartphones. On le trouve principalement en République du Congo. Les mines de coltan sont très dangereuses, il y a tout le temps des éboulements, des morts qu'on laisse pourrir sur place. Et beaucoup d'enfants travaillent dans ces galeries.

– Exact. D'autres enfants bossent en Chine dans des conditions proches de l'esclavage pour assembler ces smartphones. Mais, encore une fois, ce n'est pas moi qui en parle.

L'ascenseur est arrivé. Après une brève hésitation, nous sommes montés dedans tous les trois. La colère de Robin n'était pas retombée.

– Tu n'as pas besoin de parler. Tes regards sont éloquents. C'est du harcèlement moral.

– Tu délires ! Je ne te demande rien. Ne me mets pas ta culpabilité sur le dos.

– Ma culpabilité ?

– Ben oui, c'est humain de se sentir coupable quand on fait joujou avec des portables qui coûtent la vie à des enfants, non ?

J'étais rouge de honte.

J'ignorais tout du coltan et mon petit frère jouait à sortir sec de la douche. L'ascenseur montait lentement, en bringuebalant, j'avais un besoin urgent d'être ailleurs.

– Tu nous prends en otage, avec ta morale et tes leçons ! a vociféré Robin. Il faut faire quoi pour te satisfaire ? Renoncer à tout ? Tu penses que c'est mieux si tout le monde est malheureux, c'est ça ?

Jade a haussé les épaules.

– Je ne donne aucune leçon. Mais si tu me demandes mon avis, il y a peut-être des solutions plus efficaces et moins radicales. Acheter un « Fairphone », par exemple, un appareil sans composants meurtriers. Exiger des grandes entreprises hi-tech qu'elles renoncent à leurs pratiques esclavagistes. Juste : se poser des questions. Mais j'imagine que tes parents ne t'y incitent pas trop.

Robin a blêmi.

– Mes parents ?

– Le père de Robin vend des petits bijoux numériques, tablettes, écrans en tout genre. Je suppose que tu es au courant ? m'a dit Jade au moment où l'ascenseur s'arrêtait.

Je n'étais pas au courant. J'avais envie de redescendre, tout de suite, par l'escalier. De ne plus l'entendre. Qu'est-ce qu'on faisait là, d'ailleurs ? On n'allait tout de même pas s'incruster dans un cours d'alphabétisation. Je n'arrivais pas à comprendre comment ma vie avait pu se compliquer à ce point. Il fallait à tout prix que je reprenne le dessus. Mais sur quoi ? Je ne saisissais même pas la forme de mon ennemi, si j'en avais un. Jade nous torturait avec la souffrance des autres, et c'était insupportable. Robin, lui, voulait en découdre. Il l'a suivie dans un couloir verdâtre, sans prêter la moindre attention au décor. La dernière banderille qu'il venait de recevoir l'avait mis hors de lui.

Et puis Jade a ouvert la porte d'un appartement, nous sommes entrés, et tout est devenu différent.

Dans une vaste salle à manger, aux murs tendus d'étoffes multicolores, une dizaine de personnes assises autour de petites tables rondes ont tourné la tête dans notre direction. C'est ce que j'ai perçu d'abord, leurs regards posés sur nous. Avant de discerner vraiment les occupants du lieu, j'ai senti leur inquiétude et leur curiosité. Robin et moi nous sommes figés tandis que la porte se refermait derrière nous. Puis une voix claire a retenti.

– Jade !

Je dois nuancer ce que j'ai dit sur le fait de prononcer le prénom des gens. Ce n'est pas toujours le signe avant-coureur de mauvaises nouvelles. En l'occurrence, celui de mon ex-meilleure amie a tinté comme un grelot dans le ciel rose d'un matin printanier. J'ai tourné la tête et découvert deux femmes dont la présence m'avait échappé. L'une d'elles devait avoir à peu près l'âge de ma grand-mère et j'ai été aussitôt envahie par un sentiment de culpabilité. Depuis combien de temps n'étais-je pas allée lui rendre visite ? Une pensée aussi stupide qu'inutile en a lâchement profité pour naître : Octave se chargeait de lui tenir compagnie, elle n'avait pas besoin de moi. Mais enfin ! ai-je aussitôt protesté, j'aime ma grand-mère. Je l'adore ! Et je ne m'ennuie jamais quand je vais la voir. Alors ?

Octave m'a expliqué un jour que nous sommes habités par plusieurs avatars de nous-même. Le Moi est multiple, prétend-il. Et parmi tous nos Moi, certains sont d'incurables abrutis, c'est ainsi. Nul n'échappe à cette présence parasitaire, dans sa conscience tourmentée, de jumeaux dégénérés. Il faut juste lutter contre eux, en permanence, à coups de claques mentales.

La vieille dame, cependant, me souriait sans rancune tandis que l'autre femme, d'au moins cinquante ans plus jeune, celle qui avait accueilli Jade en chantant si joyeusement son prénom, lui offrait une paire de bises enthousiastes. C'est alors qu'un autre de mes Moi sataniques s'est mis à hurler en silence. C'est elle ! disait-il, c'est à cause d'elle que Jade ne t'aime plus. La voilà, sa nouvelle amie. Elle incarne tout ce que tu n'es pas. Regarde-la, cette fille avenante, dynamique, informée, impliquée. Elle donne son temps sans compter, elle assiste les démunis et trouve le moyen de rester enthousiaste, fraîche comme une pastille de Javel au fond d'un urinoir !

Oui, moi aussi j'étais surprise par le style de mes démons. Mais mon devoir est de tout rapporter fidèlement.

– Je vous présente Lise, a dit Jade. Lise, voici Alma et Robin. Des amis. Ils ont voulu m'accompagner.

Des amis ! La garce.

D'autres bises ont claqué dans le silence.

Quel silence ? Pas du tout. La brève parenthèse de calme ouverte par notre arrivée s'était refermée depuis quelques secondes. La pièce retentissait maintenant de voix joyeuses, de rires et de mots inconnus, me rappelant que cette scène désagréable avait lieu en public.

Lise. L'ignoble créature m'a regardée droit dans les yeux. Et de ses lèvres abjectes ont suinté les paroles suivantes :

– C'est sympa de venir. On a toujours besoin de monde.

Elle souriait. Elle était indubitablement gentille et jolie comme une pub pour un yaourt sans additif.

Je n'ai rien répondu. Robin non plus.

– Et moi, c'est Marie-France, a dit la vieille dame en nous embrassant à son tour.

Il aurait été impossible de rouvrir la porte et de

fuir. Nous nous sommes, d'un même mouvement, tournés vers les spectateurs.

J'ai remarqué alors qu'ils étaient séparés en deux groupes. Les hommes d'un côté, les femmes de l'autre. Depuis cette rencontre étrange, je les ai revus souvent. Mais n'anticipons pas.

– Eh bien, je propose que tout le monde se présente, a dit Lise avec un aplomb révélant qu'elle avait l'habitude d'être obéie.

Je l'ai tout de suite enviée d'être aussi sûre d'elle. Ses propres démons ne devaient pas la tourmenter beaucoup.

Les apprenants ont psalmodié leur prénom, les uns après les autres. Le temps s'est mis à passer différemment. Cette musique lente m'a plongée dans un engourdissement tiède, très agréable : Biha, Zohra, Khadidja, Fatoumata, Drissia, Faroudja, Dijana, Miloud, Mohamed, Moha, Saddik, Touati, Laïd, Affif Adil, Ramza…

Comme du Verlaine, mais sans la pluie. Mes yeux se posaient sur leurs visages et les détails n'ont pris sens que plus tard, dans la soirée, au fil des explications fournies par Marie-France, Lise et Jade.

Les hommes les plus âgés portaient un cercle gris sur le front, emblème de leur foi, signe qu'ils priaient beaucoup à la mosquée en frottant leur front au sol.

Les femmes algériennes et marocaines portaient toutes le voile. Curieusement, les plus jeunes étaient vêtues de noir tandis que leurs aînées arboraient des tenues moins austères, kachabia colorée et voile brodé. Une grande femme africaine au sourire éclatant faisait tinter ses bijoux. Au premier rang, Ramza nous scrutait. Je lui aurais donné mon âge, mais j'ai su plus tard qu'elle était mère de quatre enfants. Ils pleuraient en allant à l'école, et leurs sanglots l'exténuaient. C'était une jeune Rom. Elle avait longtemps vécu en Italie. Zohra était institutrice en Libye. Touati n'avait jamais fréquenté l'école en Algérie parce qu'il était le huitième de la fratrie et ses parents n'avaient pas de quoi payer des chaussures aux trois derniers. Or il était inenvisageable d'aller pieds nus à l'école.

Un autre monde. Le monde. J'ai repensé à mes chaussures écrasant les feuilles, le jour de la Toussaint. Mes pas m'avaient finalement menée ici, dans cet appartement où flottait un parfum de menthe et de miel.

Les moments se sont succédé comme dans un récit d'enfant. Désordonnés mais cohérents. Nous avons parlé les uns avec les autres. Robin s'est retrouvé entraîné dans une conversation avec deux grands-pères marocains. À un moment, Fatoumata m'a fait essayer le manteau de fourrure qu'elle ne quittait plus à partir des premières pluies de l'automne. Elle m'a révélé avec une fierté coquette qu'on la surnommait « princesse », dans le groupe. J'ai hoché la tête. « Reine » lui aurait mieux convenu encore. Plus tard, nous avons bu du thé et mangé des gâteaux très sucrés. Les hommes s'étaient regroupés autour d'une table, avec Robin, les femmes autour d'une autre. « Qu'est-ce qu'on a ? On sent mauvais ? » a souri Lise. Affif Adil, apparemment habitué, a haussé les épaules : « Mais non ! C'est comme ça chez nous. »

Puis j'ai aidé Zohra à déchiffrer un article de journal. Elle travaillait vite, avec impatience, hochant la tête chaque fois qu'elle avait compris, pour m'inciter à passer à la suite. L'urgence se lisait dans ses moindres gestes. Tout à coup, il a été huit heures et tout le monde s'est levé. Les conversations et les rires se sont éloignés dans le couloir sinistre de l'immeuble. En partant, Mohamed nous a remerciés. Il a montré son crâne en tournant son index : « On essaie d'apprendre, on est motivés, mais les neurones, là-dedans, ils sont vieux. »

Il disait « vioux ». Ça chantait mieux.

Quand la porte s'est refermée, nous nous sommes retrouvés tous les cinq, hébétés, silencieux. Je me suis rappelé que nous étions arrivés en nous disputant. Mais c'était un autre temps.

Je crois que j'ai encore échangé quelques mots avec Jade, puis Robin m'a raccompagnée. Je ne me rappelle plus ce que nous nous sommes dit.

7
Moyen Âge

Contrairement à ce que j'aurais pu croire, ma vie n'a pas changé radicalement après cette première séance avec les apprenants. J'ai tout raconté à Octave le soir même, mais il m'a écoutée distraitement, malgré mon enthousiasme. Il faut dire qu'il se remet très vite de mes émotions. Mes parents ont jugé que c'était certainement une expérience très enrichissante.

Les deux mots, « expérience » et « enrichissante », m'ont désarçonnée. Il est rare d'employer des termes aussi peu appropriés à une situation. Même Robin a été décevant. Évasif, fuyant. Il ne souhaitait visiblement plus parler de ce moment, ni de la dispute avec Jade. Je me retrouvais seule avec un souvenir trop fort pour moi. Il me visitait sans cesse. Je repensais à ces élèves adultes, récitais leurs prénoms, revoyais leurs yeux, leurs fronts, leurs voiles.

Finalement, la seule qui a accepté de m'écouter assez longtemps, c'est ma grand-mère. Je lui ai rendu visite un soir de la semaine, sans la prévenir. Ses rides étaient plus profondes que d'habitude et m'ont rappelé celles que j'avais cru déceler sur le visage de Jade, dans l'ascenseur de l'immeuble. Autour de moi, le monde se lézardait.

– Tu te rends compte, ai-je insisté après lui avoir raconté plusieurs fois la scène, il n'est pas allé à l'école parce qu'il n'avait pas de godasses !

Cette histoire me révoltait. Elle a hoché la tête.

– Tu vas y retourner ?

Je ne m'étais pas posé la question. Mais la réponse était évidente.

– Bien sûr.

Je tenais peut-être enfin le critère de la vérité : la réponse évidente à une question que l'on ne s'est pas posée. Je me suis sentie mieux et j'ai repris de la soupe. À toute heure du jour, ma grand-mère proposait de la soupe à ses visiteurs. Elle mettait des légumes à bouillir dans une marmite immonde et, de temps en temps, les explosait d'un coup de mixer. Le résultat était sublime. Et puis je me suis dit qu'elle avait peut-être mieux à faire que de cuire des légumes ou de s'abêtir avec Octave devant des séries minables. Pourquoi n'aidait-elle pas Marie-France ? Pourquoi toutes les grands-mères oisives n'aidaient-elles pas ceux qui désiraient apprendre ? D'ailleurs, le mot « apprenant » n'était pas si stupide qu'il en avait l'air. Les gens que j'avais vus apprenaient tandis que nous, au lycée, nous subissions mollement des cours comme on se résigne à une averse persistante.

Au moment précis où je me faisais cette réflexion, quelque chose m'a gênée. Une idée, ou plutôt un souvenir, ou plus exactement l'esquisse informe d'une espèce de machin mental. Pour moi, le mot « machin » est le masculin de « machine ». Loin d'être imprécis, il désigne un processus sans nom dans notre langue, mais caractérisé par une forme d'insistance mécanique, ayant trait à la pensée. Pour le dire plus simplement, l'un de mes Moi indésirables frappait à la porte de ma conscience. Ma conscience est dotée de portes, très nombreuses, derrière lesquelles s'agite je ne sais quoi, que je préfère ne pas connaître. J'ai ouvert ma porte psychique et Ludivine s'est encadrée dans l'embrasure. Je pense rarement à Ludivine, je la tiens en lisière. Pourquoi exigeait-elle, à cet instant, d'entrer dans ma tête ? Sûrement parce que je venais de penser au lycée. Mon esprit s'était remis dans les dispositions brumeuses où il se tient, pendant les heures de cours. Et il m'avait restitué la sensation gênante, péniblement refoulée, que Ludivine passait son temps à me scruter, quand nous étions en classe. Et même à la cantine, dans les couloirs, ai-je dû m'avouer en sondant mes souvenirs, comme on visionne les bandes d'une caméra de surveillance. C'était cela, le machin mental : Ludivine m'observait tandis que je consacrais beaucoup d'énergie à ne pas m'en apercevoir. Depuis quand ? Et pourquoi ? Mon intestin s'est crispé. J'étais sûre, tout à coup, que Ludivine avait quelque chose à voir avec Jade. Avec notre rupture.

À contrecœur, j'ai fouillé ma mémoire, tâchant de compiler mes vieilles images de Ludivine. J'ai tout de suite compris à quoi tenait ma réticence, la concernant : je ne l'avais jamais beaucoup aimée. Je ne me rappelais pas quand elle était apparue dans ma vie, elle non plus. Elle s'était toujours plus ou moins trouvée là, dans la classe, dans la cour, depuis le collège, non, depuis l'école primaire. Elle avait souvent recherché ma compagnie, j'étais une fille plutôt populaire. Mais je ne m'étais jamais intéressée à elle, parce que je ne la jugeais pas intéressante. Ce qu'elle disait semblait s'évaporer à mesure. De menus propos, des petits soucis, d'infimes détails. Nous n'aimions pas du tout les mêmes chanteuses.

Peu à peu, mon Moi-Sherlock a élaboré une hypothèse d'une cruelle vraisemblance. Sans le vouloir, par mon indifférence obstinée, je l'avais blessée. Son amitié pour moi s'était muée en rancœur, en ressentiment, en haine. Au fil des ans, elle avait fourbi un plan, ourdi une vengeance. En me concentrant de toutes mes forces, il me semblait me rappeler certaines remarques murmurées, certains regards, certains sourires. Elle avait ligué contre moi d'autres filles influençables, Margaux Boucheron, par exemple, Amandine Pergolut, Maella Montriveaux. À elles toutes, elles avaient affûté la flèche, composé le poison. Et trouvé la faille. Jade.

– Tu es bien songeuse, a observé mamie, un fil de haricot vert tremblotant au bord de ses lèvres.

– Je… excuse-moi, mamie. Je pensais à une amie…

Elle a hoché la tête.

– Octave m'a raconté.

J'ai attendu un conseil, ou une consolation, mais elle n'a rien ajouté. De toute façon, ma pauvre grand-mère ne pourrait jamais m'aider, s'il s'avérait que Ludivine avait trouvé le moyen de me brouiller avec Jade. De son temps, les filles n'étaient pas aussi méchantes. De son temps, on n'avait à redouter que la bombe atomique et la Troisième Guerre mondiale.

Je m'en suis voulu des reproches que j'avais failli lui adresser. Ma grand-mère avait toujours été, comme on dit, « femme au foyer ». Son job, c'était la soupe. Je l'ai imaginée avec un voile, puis avec un boubou.

« Femme au foyer ». La locution était encore plus saugrenue qu'« expérience enrichissante ». Pourquoi instillait-on dans nos cervelles ces formules aberrantes ? Peut-être M. Sudre avait-il la réponse.

– Et ton petit copain ?

Ah oui, ça aussi. Les copains sont toujours petits.

– Il a des parents riches.

Ce n'était pas une réponse, mais cette pensée m'avait traversée au moment où elle me posait la question.

Elle a donné un coup de menton en direction de la télé. Une télé presque trop grande pour le mur.

– Les riches sont des gens comme toi et moi. Mais avec beaucoup plus d'argent.

Des décennies de feuilletons à haute dose, et voilà le résultat. Un découragement grincheux m'a gagnée. J'ai failli lui dire quelque chose de méchant mais je savais que les remords me lacéreraient aussitôt. J'en avais déjà fait l'expérience. Une fois, j'avais insinué que sa soupe était fade. Trois semaines d'insomnie. J'ai respiré et je me suis dit que ma grand-mère n'avait pas produit que des légumes bouillis. Elle était aussi l'auteure de mon père. Cela constituait une contribution appréciable au bonheur de l'humanité. Il ne faut pas en demander trop. Et puis, la solitude l'occupait beaucoup. Pendant quarante ans, elle avait attendu que mon grand-père rentre du travail. Il était mort deux mois après son départ en retraite.

Je suis repartie, mécontente d'elle et de moi. Elle m'avait écoutée, mais pas entendue. J'ai marché le plus vite possible, pour que le choc de mes semelles contre l'asphalte chasse les mauvaises pensées. Ludivine s'accrochait, s'imposait comme une évidence. Jusqu'à présent, je m'étais laissé ballotter par la vie, refusant de voir ce qui me dérangeait. J'avais peut-être fait souffrir les autres et leur douleur se retournait contre moi. Se retrancher du monde n'est pas un acte neutre. Ne rien faire, ne rien voir, ne rien entendre, c'est aussi parfois une façon de blesser. Je ne valais pas mieux que ma grand-mère, sur ce plan. J'avais peut-être même hérité d'elle mon goût pour les écrans de brouillard. C'était fini. J'allais agir. Je devais le faire. Déjouer les machinations de Ludivine.

J'ai ouvert Verlaine. Il ne quittait plus ma poche. Et il m'a dit :

« Je devine, à travers un murmure,
Le contour subtil des voix anciennes
Et dans les lueurs musiciennes,
Amour pâle, une aurore future ! »

Bon. Plutôt encourageant. Les lueurs musiciennes, je les avais vues danser dans les yeux de ces vieux

Algériens goguenards. Mais pour l'aurore future, j'étais moins convaincue. Mon téléphone a sonné, c'était Robin. Pour la première fois, j'ai presque hésité à répondre. Est-ce que notre amour avait pâli ? Pas question ! J'ai pris la communication.

– Tu m'en veux pour quelque chose ? a-t-il demandé aussitôt.

– Moi ?

– Oui, toi. Les autres, je m'en fous.

– De toute façon, même si je t'en voulais, tu m'as dit qu'on ne s'excusait pas.

– On ne s'excuse pas, mais on peut s'expliquer.

– J'en suis de moins en moins sûre.

Il a laissé passer un silence, puis m'a proposé de venir chez lui, le lendemain, samedi.

– Et avant que tu poses la question, oui, ça veut dire rencontrer mes parents.

Là, j'ai compris que j'avais changé. Quelques jours plus tôt, cette invitation m'aurait tétanisée. Maintenant, je la trouvais presque amusante.

– C'est bizarre, ai-je répondu.

– Pourquoi ?

Oui, pourquoi ? Lequel de mes Moi avait osé ce commentaire ? Et lequel allait se dévouer pour développer ? J'en ai choisi un au hasard, il a bredouillé comme il a pu :

– Que tu souhaites connaître mes parents, me présenter les tiens…

– Qu'est-ce que ça a de bizarre ?

– Je ne sais pas. On n'était pas obligés. On aurait pu…

– Ça t'ennuierait de finir au moins une phrase sur deux ?

Son ironie cachait mal son irritation, ou son inquiétude, ou pire.

– Laisse tomber. Je suis contente de voir ta famille. Vers quelle heure ?

– Quand tu veux, en début d'après-midi.

Sa voix était inhabituellement tendue. J'ai compris qu'il appréhendait beaucoup plus que moi, et c'était une idée déplaisante. J'ai raccroché froidement. Puis je me souvenue des paroles de Robin : « Ma famille est moins fun que la tienne. »

Et tout est rentré dans l'ordre : j'étais tétanisée.

– Ne panique pas, m'a ordonné Octave, une heure plus tard, en grimpant sur un tabouret pour atteindre le dernier rayon de sa bibliothèque.

Il en a tiré un volume rechigné, et l'a brandi tel Arthur arrachant l'épée de la roche. J'ai déchiffré le titre : *Guide du protocole*, par la vicomtesse de Montbazon.

– Il faut juste que tu apprennes les bases de la

politesse. On a déjà franchi les limites de l'impossible en rangeant la maison quand Robin est venu. Peut-être pourra-t-on renouveler l'exploit ?

– Laisse tomber, Octave. Je serai moi-même.

– Non ! Surtout pas !

Gêné par la spontanéité de sa réaction, il a feuilleté le livre à toute vitesse et m'a lu : « D'une façon générale, on évitera tout sujet susceptible de choquer l'auditoire ; on s'abstiendra de mettre sur le tapis les problèmes politiques, philosophiques ou religieux, sauf si l'on est certain qu'ils ne risquent pas d'entraîner des disputes qui mettraient les maîtres de maison et les commensaux dans une situation désagréable. »

– Octave, on n'est plus au Moyen Âge. De toute façon, je n'ai pas l'intention d'aborder des sujets philosophiques.

– Tout à fait. Le mieux serait de te taire le plus possible.

– Merci pour tes encouragements. C'est bon d'avoir un frère.

Cette petite phrase automatique, tout à coup, m'a fait sursauter, comme le recul d'une arme à feu.

Ludivine aussi avait un frère.

Et ce frère était dans la classe d'Octave. Je n'avais jamais pris garde à cette information, mais j'en étais certaine.

– Qu'est-ce qui se passe ? m'a demandé Octave. On dirait que tu fais un AVC.

– J'ai besoin que tu me rendes un immense service.

Je lui ai exposé mes hypothèses, la vengeance de Ludivine, ses regards sur moi, son triomphe lorsque Jade m'avait congédiée, sa jubilation. Il a ponctué mes explications de hochements de tête approbatifs puis enthousiastes, à mesure que mon discours lui révélait l'insondable noirceur de l'âme humaine.

– Tu es complètement tarée, a-t-il conclu.

En langage Octave, cela signifie qu'il approuve et partage mes analyses. J'ai soupiré de soulagement. La suite du plan était simple : il allait se faire inviter chez Barnabé, le petit frère de mon ennemie mortelle, puis trouver le moyen de lire tous les mails de Ludivine adressés à Jade. Il fallait espérer qu'elle l'ait contactée par ce biais. Cela ressemblait bien à Ludivine, je me suis souvenue qu'elle adorait écrire. Elle m'avait déjà envoyé, lorsqu'elle était en colonie de vacances, de longues lettres ineptes que j'avais à peine parcourues. À moins que Ludivine n'ait effacé les traces de son crime, Octave devrait trouver dans son ordinateur la preuve que je recherchais, des messages calomnieux, ignominieux, diffamatoires, un lisier de mensonges répandus sur la verte prairie de mon innocence.

J'étais curieuse de savoir ce qu'elle avait pu inventer, et surtout comment elle avait réussi à faire avaler ses calembredaines à Jade, sans que celle-ci ne prenne la peine de mener une contre-enquête, en écoutant, par exemple, ma version des faits.

– Hors de question, a coupé Octave avant que je ne lui expose ma tactique.

– Quoi ?

– Je n'irai pas chez Barnabé. Il n'a que des jeux de foot sur sa console.

– Octave ! Il s'agit de Jade et de moi ! C'est vital ! Tu ne vas pas renoncer à cause du foot !

– C'est le rôle du foot, ma pauvre Alma. Détourner les gens des questions vitales.

Il était tellement content de lui que j'ai failli déchiqueter la duchesse de Montbazon. Mais une étincelle malicieuse a dansé dans ses pupilles. Il avait son idée.

– Vas-y, ai-je grogné. Je t'écoute.

– Eh bien, tu pourrais m'offrir un jeu vidéo que je lui proposerais de tester chez lui. Il m'a dit que le son est hallucinant, sur ses enceintes.

– Un jeu ? Quel jeu ?

– Un jeu de skate.

Il m'a indiqué le prix – exorbitant – du produit, qui correspondait à peu près au montant de mes dernières économies. Je n'ai pas discuté. J'étais même presque soulagée de lui offrir mes précieux billets. Je me débarrassais de quelque chose. Je m'en remettais à Octave. Ma porte mentale s'est provisoirement refermée sur Ludivine, et j'ai pu me consacrer à l'élaboration de ma stratégie vestimentaire pour ma présentation aux parents de Robin.

Comment s'habiller pour aller chez les bourgeois ? On avait abordé la question, en cours de français, à propos de romans du XIXe siècle dans lesquels de jeunes ambitieux partaient à la conquête des beaux quartiers parisiens. Est-ce que le monde avait changé depuis ? Est-ce qu'on était vraiment sorti du Moyen Âge ? Ce manuel de politesse m'avait intimidée. Il racontait la fin de mon histoire avec Jade. Sur mon bureau s'empilaient des feuilles que j'avais noircies de notes sur la situation du monde. J'avais commencé à découper des articles dans les journaux de mes parents. Depuis ma soirée avec les apprenants, j'essayais de me représenter la vie d'une institutrice en Libye. Je n'y étais pas encore parvenue. Quel était le secret de Zohra ? Quand, comment et pourquoi était-elle venue en France ?

Tandis que je répertoriais mes jupes les plus classe, je repensais aux protocoles, aux usages, aux manières, aux femmes séparées des hommes, aux voiles.

« Chez nous, c'est comme ça. »

Et chez nous, c'était comment ? Et chez Robin ?

– Pas fameux, a grimacé Octave quand je lui ai présenté la tenue que j'avais choisie, un exquis top imprimé sur une jupe imitation satin, avec veste assortie.

– Sois toi-même, finalement, a-t-il soupiré en rangeant le manuel de la comtesse.

8
Au château

Je me suis donc présentée le lendemain après-midi, à l'adresse que m'avait indiquée Robin, vêtue d'un jean ordinaire, d'un sweat quelconque, d'un blouson informe et des merveilleuses chaussures que je portais le jour de notre premier baiser. J'avais parcouru tout le chemin à pied, pour consumer mon appréhension, m'éloignant à regret de la zone pavillonnaire, tournant le dos au centre-ville pour pénétrer progressivement dans les quartiers périphériques huppés, où s'alignaient les résidences et les maisons de maître.

J'imaginais que Robin vivait dans un grand manoir entouré d'un parc arboré protégé par des grilles. En fait, il habitait dans une immense gentilhommière au milieu d'un vaste domaine boisé, ceint de murs.

J'ai pressé le bouton d'un interphone et le portail géant s'est ouvert sans un mot.

J'étais surprise d'être si peu étonnée. J'imaginais déjouer les a priori de Jade. Découvrir que les parents de Robin étaient incontestablement des bourgeois, qu'ils travaillaient bien dans des tours de verre, vendaient des bijoux numériques, certes, martyrisaient les pays émergents MAIS, par ailleurs, se contentaient d'une modeste habitation, s'habillaient n'importe comment, riaient fort et écoutaient Michel Sardou.

Il n'en était rien. J'ai suivi, comme dans un film d'horreur démodé, une allée gravillonnée traversant une pelouse émeraude jusqu'au perron du castel où se tenait Robin, encadré par deux parents effroyables. Deux êtres encore plus minces que lui, bronzés, manucurés, coiffés, désincrustés, parfumés, arborant deux sourires hyper sympas.

– Bonjour Emma ! a dit la mère.

– Sois la bienvenue, a enchaîné le père.

Une tourterelle a roucoulé quelque part dans un arbre. Les nuages ont remué sans bruit. L'image du haricot vert coincé entre les lèvres de mamie s'est imposée à ma mémoire. J'ai regretté d'avoir boudé le manuel de savoir-vivre. Le protocole préconisait certainement des gestes précis, des propos de bon goût dans une situation comme celle-ci. Peut-être aurais-je dû baiser des mains, ou tendre les miennes. D'ailleurs, je n'avais même pas pensé à apporter quelque chose, des fleurs, des chocolats. La fille, sur sa chaîne YouTube, pontifiant dans son jacuzzi avait peut-être une idée là-dessus. Je n'avais pas suffisamment potassé.

– Elle s'appelle Alma, a rectifié Robin d'une voix crispée.

– Pardon ? a pépié sa mère.

– Alma. Pas Emma.

– Oh, mon Dieu !

À présent, elle tenait ses deux mains devant sa bouche, comme pour empêcher un serpent d'en sortir.

– J'ai confondu ! Vous comprenez, Robin nous a présenté tellement de…

– Maman !

– C'est un très joli prénom, a tempéré le père.

J'ai plongé mes yeux dans ceux de sa femme. J'avais conscience de vivre une expérience humaine absolument inédite pour moi. Totalement neuve. En seize ans, j'étais déjà tombée plusieurs fois amoureuse, j'avais connu, plus rarement, quelques amitiés fortes, des sentiments mêlés, ambigus, des admirations sans mesure et, récemment, cette douloureuse séparation sentimentale avec Jade. Ludivine venait tout juste de me faire découvrir le soupçon.

Mais je n'avais jamais encore éprouvé la haine. La vraie. J'ignorais qu'elle pouvait naître aussi naturellement. Qu'elle se reconnaissait sans le moindre doute.

La foudre ne vous frappe pas. Mais le cœur se couvre de moisissures instantanées. C'est tellement répugnant que le langage, bien qu'il parle souvent pour ne rien dire, n'a rien trouvé pour nommer un tel événement : j'étais tombée haineuse.

Paradoxalement, cette constatation m'a détendue. J'ai eu la certitude qu'elle avait préparé son lapsus. Manière de signifier que je n'étais ni la première ni la dernière. Sa lignée ne passerait pas par moi. Je me suis félicitée d'avoir renoncé à mes efforts vestimentaires, car elle posait maintenant sur ma personne des regards écœurés, comme si les pompiers venaient de me sortir d'une fosse septique au terme d'une longue et périlleuse intervention. Sans la quitter des yeux, j'ai souri et me suis blottie dans les bras de Robin. Il a frémi.

– Je suis heureuse de vous rencontrer enfin, ai-je susurré, d'une voix de bonbon chimique.

Leurs sourires ont disparu. C'était beau.

– Et si nous entrions ? a proposé le père, comme s'il s'agissait de la plus chouette idée de tous les temps.

La mère a tourné le dos sans répondre et a franchi le seuil. Nous l'avons suivie.

Le claquement de la porte s'est répercuté sur les parois d'un vaste vestibule de marbre veiné. Une foule de reflets de nous nous a aussitôt entourés, multipliés par les nombreux miroirs accrochés aux murs. Au loin, j'apercevais mon dos.

– Je vous prends votre… vêtement ? m'a demandé le père de Robin.

Je le lui ai tendu et il l'a examiné trop longtemps. Mon blouson pendait au bout de ses doigts comme la peau d'un animal récemment écorché. Il a fini par l'accrocher à une patère en bois sombre. J'aurais eu plus d'allure avec le manteau de fourrure de Fatoumata. Rien n'avait encore commencé et j'étais déjà épuisée.

Une théière trônait au centre d'une table ronde, elle-même placée au milieu d'un petit salon circulaire et entourée de quatre fauteuils.

– Asseyez-vous ! a ordonné la mère.

J'ai attendu que Robin obéisse, puis je me suis installée sur ses genoux. C'était puéril, je le sais, mais une sorte d'adrénaline électrique faisait vibrer mes veines, et je ne m'étais jamais encore accordé le plaisir de l'inconduite absolue. Pourtant, j'avais beaucoup étudié les bimbos de la télé. Leurs leçons me revenaient naturellement. J'ai regretté de n'avoir pas revêtu le top transparent qu'Octave portait pour jouer à Star Wars.

– Eh bien vous, au moins, vous savez ce que vous voulez, a commenté la mère, soufflée comme une maison lors d'un bombardement.

– C'est-à-dire que je ne suis pas précisément venue pour prendre le thé, ai-je répondu en posant une main douce sur le thorax contracté de mon amoureux.

– Nous avons aussi de la tisane, a suggéré le père d'une voix enrouée.

La mère avait fermé à demi les yeux et me scrutait maintenant, en dévorant une peau à l'intérieur de sa joue gauche. Elle ne mesurait pas l'étrangeté de cette mastication frénétique. Cela lui donnait un air d'insecte. Comme je suis très sensible, j'ai perdu de mon arrogance, et souhaité qu'elle passe à l'autre joue avant d'avoir trop mal. Mais, à ma grande surprise, elle a cessé de se ronger pour, sans transition, éclater d'un grand rire carnassier.

– Bon. C'est de bonne guerre. Je vous aime bien, Fiona.

Le père a failli se trouver mal.

– Alma, ma chérie !

Cessant de rire, sa femme lui a expédié un regard excédé.

– Je plaisante, mon chéri.

S'emparant de la théière, elle a rempli à ras bord les quatre tasses. J'ai considéré que je devais faire des concessions et j'ai quitté les genoux de Robin pour m'installer dans le fauteuil vide. Il m'a paru, en comparaison, mou et froid. Mes pieds touchaient à peine le sol.

– Alors, Alma, a repris le père, soulagé, quels sont vos projets professionnels ?

Pour gagner du temps, j'ai attrapé ma tasse et un biscuit. Le mouvement m'a légèrement déséquilibrée. Une grosse goutte de thé s'est écrasée sur le tissu blanc de mon accoudoir. La mère a grimacé comme si elle l'avait reçue dans l'œil. J'ai trempé mon biscuit dans le thé.

– C'est très bon, ai-je dit poliment, la bouche pleine.

– Robin n'est pas encore fixé. Tout ce qu'il sait, c'est que sa carrière sera scientifique. Dans le doute, nous pensons l'inscrire à Sophia Antipolis.

J'avais entendu parler de cet endroit. Une technopole, dans le sud de la France.

– C'est absolument fabuleux ! s'est enthousiasmé le père. Directement en prise avec le monde de l'entreprise et de la recherche. Et dans des domaines aussi variés que les technologies de pointe, la médecine, la…

– Oui, l'ai-je interrompu en reprenant un gâteau. J'imagine que les frais d'inscription annuels permettraient de nourrir plusieurs familles de chômeurs pendant pas mal de temps.

Lequel de mes Moi avait pris la parole avec une

telle assurance ? Je n'en revenais pas. Ma tasse est restée en suspens au-dessus de l'accoudoir, l'ornant d'une jolie corolle de taches brunes. La mère, finalement, s'est attaquée à son autre joue.

– Il faut savoir faire des sacrifices, a rétorqué le père.

– De toute façon, ai-je poursuivi, ça ne pourra pas se faire tout de suite.

La mère a haussé les sourcils sans cesser de mâchonner.

– Il faudra attendre que nous soyons revenus de notre tour du monde. Hein, Robin ?

Je lui ai décoché un clin d'œil canaille. Je savais que bientôt, très vite, j'allais regretter mon comportement. Mais pour le moment, c'était trop agréable. Je n'avais jamais éprouvé les délices de l'insolence. C'est le problème, quand on a des parents gentils. J'étais juste gênée pour Robin. Il n'avait pas mérité ça. J'espérais qu'il me pardonnerait. Je me demandais tout de même comment, s'il aimait sa mère, il avait pu tomber amoureux de moi. Il y avait sûrement des précédents, dans la littérature. J'aurais décidément beaucoup de questions à poser à M. Sudre.

Mais la réponse de Robin m'a tellement stupéfiée que j'ai failli renverser complètement ma tasse.

– Absolument. On envisage de partir sac au dos,

pendant quelques mois. Peut-être pour faire de l'humanitaire.

Et il a porté sa tasse à ses lèvres avec une distinction aphrodisiaque, en gratifiant sa génitrice d'un sourire modeste. J'ai repris un biscuit. Je les engouffrais, mais la vitesse à laquelle un biscuit se consomme est inversement proportionnelle à son prix.

– Nous avons beaucoup apprécié la séance d'alphabétisation, ai-je enchaîné, pour meubler le silence.

Les parents de Robin ont échangé un long regard, tels le Christ et la Sainte Vierge, juste avant la Crucifixion.

– La séance de… ? s'est enquise la mère, comme si elle demandait un renseignement sur la façon de cuisiner la chair humaine.

Alors je leur ai raconté. J'adore raconter. Je l'ai vraiment mesuré à cet instant. J'ai multiplié les descriptions avec beaucoup d'enthousiasme. J'ai imité les accents. Au bout d'un moment, j'avais presque l'impression que Biha, Zohra, Khadidja, Fatoumata, Drissia, Faroudja, Dijana, Miloud, Mohamed, Moha, Saddik, Touati, Laïd, Affif Adil et Ramza étaient avec nous dans ce salon.

Les parents de Robin devaient ressentir la même chose, parce qu'ils avaient l'air de voyageurs suffoquant dans le métro à l'heure de pointe.

Le père a fini par s'ébrouer. Un sourire mécanique est apparu sur son visage, le temps qu'il digère toutes mes informations. Puis il l'a remplacé par une grimace complexe, mieux ajustée à son état d'esprit. Elle exprimait un mélange de dégoût révulsé, de désespoir, de colère et de terreur. J'ai fini à regret l'assiette de gâteaux.

– Il n'est pas question, Robin, que tu remettes les pieds dans cet endroit, a-t-il fini par asséner.

J'étais déçue. Je ne sais pas exactement pourquoi. Robin s'est rencogné dans son fauteuil. Il ressemblait à un boxeur au bord du ring, avant le prochain round. J'avais très envie de retourner sur ses genoux. Mais la mère me tenait en respect, utilisant ses yeux comme deux pistolets de gros calibre.

– Ne rentre pas dans leur jeu, Serge, a-t-elle recommandé à son époux sans cesser de me fixer.

Serge. Je me suis demandé comment elle s'appelait. Au fond, nous n'avions pas vraiment été présentées.

– Ce n'est pas un jeu, maman, a observé Robin.

– Si. Bien sûr que si. C'est le jeu des gentils jeunes gens contre les méchants parents racistes et réactionnaires, a renvoyé Serge.

Quand il faisait des phrases, il était beaucoup plus humain, et ressemblait davantage à son fils.

– Comme s'il s'agissait de ça ! a soupiré la mère.

Pour tromper ma nervosité, je me suis mise à essayer de deviner son prénom. La curiosité me démangeait et je ne voyais pas comment amener la conversation sur le sujet. Solange ? Claire ? Berthe ? Elle avait une tête de Berthe. Nettement.

– Oui, ce n'est vraiment pas la question, a renchéri Serge.

Non. Serge et Berthe, c'est hideux. Alors qu'Alma et Robin, on ne peut pas faire plus doux à l'oreille. À condition de placer Alma en premier. Berthe et Serge, ça ne fonctionnait pas davantage. Camille ?

– La question, a poursuivi Camille, c'est que vous êtes beaucoup trop jeunes pour vous impliquer dans ce genre d'action. Je me demande même si c'est légal. Que savez-vous des dirigeants de cette association ? Vous vous êtes renseignés ?

– Attention à la manipulation ! a averti Serge, l'œil sévère.

Camille a approuvé, d'une grimace grave qui l'a détendue. Non, les Camille ne grimacent pas ainsi. Fabienne, peut-être. Ces obsessions parasites sont exaspérantes.

– Nous aussi, on a été jeunes, a révélé Fabienne.

Cette information lui apparaissait visiblement comme une concession généreuse. Elle espérait que la conversation s'arrêterait là. Mais ils ont échangé un regard sans équivoque. À peine aurais-je regagné mes pénates qu'ils la reprendraient avec Robin et le becquetteraient tels deux vautours. Je me suis demandé s'il était opportun de lui offrir l'asile politique.

Il s'est levé, tranquillement, comme si nous venions d'échanger d'aimables propos météorologiques, a souri à ses bourreaux et s'est tourné vers moi.

– Tu viens faire un tour ?

Je l'ai suivi dans le parc, avec le sentiment d'avoir réglé leur compte à deux crapules de la pire espèce. Ce couple de criminels n'aurait pas hésité à forcer de malheureux enfants congolais à descendre dans une mine de coltan, sous la menace de leurs armes. Bien entendu, ces gens-là feraient tout pour nous empêcher d'instruire les étrangers. Mais nous lutterions. Après la promenade, Robin bouclerait son sac à dos, dirait adieu à ses parents dénaturés, et nous filerions vers n'importe où sur son scooter.

– Tu es contente de toi ? m'a-t-il demandé soudain.

Pas d'agressivité dans sa voix. Plutôt de la tristesse. Une légère mélancolie. Je me suis serrée contre lui pour gagner du temps.

Il s'est arrêté au pied d'un arbre immense dont la ramure formait une voûte d'un vert sombre, presque noir, au-dessus de nos têtes. J'ai jeté un coup d'œil aux branches épaisses. Il s'est assis entre deux racines et m'a invitée à le rejoindre. L'écorce était douce et chaude, nous prenions très peu de place dans ce parc. À travers les feuilles pendantes, j'ai distingué l'hôtel particulier. Une silhouette est passée devant l'une des fenêtres éclairées.

– Ma mère est pénible. Elle a peur pour moi.

– Peur de quoi ?

– Peur que je gâche ma vie en tombant sur la mauvaise fille, en suivant la mauvaise voie.

– Par exemple, ton idée de faire le tour du monde en ma compagnie ne cadre pas exactement avec l'idée qu'elle se fait de ton avenir ?

– Par exemple.

À ce moment, pelotonnée dans la chaleur de Robin, coincée contre le bois du grand arbre, j'ai mesuré ce que j'avais fait. Mon Moi le plus pusillanime, le plus obéissant, le mieux élevé, a repensé avec horreur à tout ce que ses frères farouches avaient osé proférer, dans ce petit salon cossu. Je m'étais comportée comme la pire des sales gosses. Et Robin avait eu le courage d'abonder dans mon sens. C'était un héros. J'ai été tentée de lui présenter des excuses, mais je les ai remplacées juste à temps par des remerciements.

– On n'en parle plus, a-t-il répondu. Tu es la première à oser leur tenir tête. C'était bien.

– Il y en a eu beaucoup d'autres avant moi ?

– Moins que ce que ma mère a laissé entendre.

J'ai arraché un petit morceau d'écorce et je l'ai fourré dans ma poche. Une sourde tristesse a commencé d'infuser dans mon pauvre cœur. Mais il a ajouté :

– Tu sais, j'ai réfléchi à la question que tu m'as posée.

J'étais consolée. Il réfléchissait aux questions que je lui posais. À l'une d'entre elles, au moins. Une question que j'avais, pour ma part, complètement oubliée. J'habitais ses pensées, je les nourrissais, je suscitais certaines de ses réflexions, nécessairement soustraites à l'emprise de sa mère. Mon visage s'est éclairé d'un long sourire idiot que seul un vieux corbeau perché sur une branche basse a pu voir. Mais son œil rond n'a rien exprimé.

– Lors de notre premier rendez-vous au Mithridate. Tu m'as demandé pourquoi je voulais vous réconcilier, Jade et toi.

Notre premier rendez-vous au Mithridate. Pour lui aussi, c'était un moment historique. J'ai fait un effort de concentration. Chacune de ses paroles revêtait une telle importance que mon esprit s'épuisait à en débusquer toutes les implications, à savourer les souvenirs qu'elle suscitait. Il parlait trop vite, je perdais constamment le fil. L'idéal, pour les natures passionnées comme la mienne, est sans doute de s'éprendre d'un bègue.

– Je pense que c'est à cause de mes parents. Ils m'ont tellement expliqué que l'amitié sincère n'existait pas, que le monde était régi par l'intérêt, le profit, la mesquinerie, que rien de beau ne pouvait durer. J'ai voulu leur donner tort.

Devais-je lui révéler mes doutes sur Ludivine ? Certainement pas. Cette explication aurait donné raison à ses ignobles géniteurs. Je me suis tue, mais la tristesse m'avait rattrapée.

– Tu as vraiment l'intention d'aller à Sophia Antipolis ?

– Aucune idée. On a le temps d'y penser, non ?

Donc, il n'excluait pas cette éventualité. Il n'avait parlé de fuir avec moi que par bravade. Je l'imaginais déjà étudiant, dans une cité de science-fiction, arpentant des couloirs de verre parmi les rires langoureux de jeunes filles dont les gorges déployées laisseraient voir leurs belles dents luisantes.

Et pourquoi ne le suivrais-je pas à Sophia Antipolis ? Le véritable obstacle était moins de réunir l'argent que de me hisser au-dessus du 4 sur 20 de moyenne en maths. Les chiffres étaient mes ennemis depuis toujours. J'avais certainement offensé leur peuple par mégarde, et ils me livraient une guerre sans merci.

Peut-être Robin pourrait-il m'aider ? À cette idée, j'ai ri jaune : j'étais sûrement la première fille au monde à devoir m'intéresser aux maths par amour, et au monde par amitié.

– Qu'est-ce qui t'amuse ?

– Rien.

Ma mauvaise humeur me contrariait. Avant cette maudite Toussaint, par défaut, j'étais toujours en mode fête. Comme il ne parlait plus, je lui ai posé une question idiote.

– Tu crois que ça va être possible ?

– Quoi ?

– Nous deux. Tes parents me détestent.

– Je t'avais prévenue qu'ils étaient moins fun que les tiens.

– Ce n'est pas exactement une réponse rassurante.

Il a ri et m'a serrée contre lui. Les branches, là-haut, remuaient comme si l'arbre mâchait quelque chose.

– N'exagérons rien. On n'est pas Roméo et Juliette. Je suis presque sûr qu'on ne mourra pas à la fin.

– Donc tu y penses.

– À quoi ?

– À la fin.

Je n'ai pas eu le courage d'attendre sa réponse. Je me suis douloureusement décollée de lui.

– Il vaut mieux que je rentre.

Il est resté assis et m'a examinée avec attention.

– Quand j'étais triste, autrefois, je venais déjà me cacher dans ces racines.

– Autrefois ! On dirait que tu as mille ans.

– Oui. Là, j'ai mille ans.

Je me souviens mal de la suite. Rétrospectivement, je crois pouvoir affirmer être repartie sans dire au revoir. J'ai certainement marché. L'image suivante est celle d'Octave, debout devant le frigo dont il avait entrouvert la porte d'un ou deux centimètres.

– Qu'est-ce que tu fais ?

Question mécanique. L'une de celles que j'ai posées le plus souvent à Octave depuis sa naissance. Elle précède presque toujours : « Tu es complètement crétin ou quoi ? »

– Quand on ouvre juste un peu la porte du frigo, la lumière ne s'allume pas. On peut voir comment c'est, à l'intérieur, dans le noir.

– Et ?

– Rien. C'est très différent.

Il a refermé la porte.

– Tu es malheureuse, a-t-il diagnostiqué en me scrutant.

– Exact.

– Moi, quand je suis malheureux, j'ai un truc.

– Je t'écoute.

– J'imagine que je suis mort brutalement. Après, je pense à mon enterrement. Tous les gens effondrés. Maman et papa ravagés. Je me sens tout de suite beaucoup mieux.

J'ai fondu en larmes. Cela m'arrivait de plus en plus souvent, ces temps-ci. Je n'en étais pas tout à fait mécontente. Auparavant, j'enviais les filles de la télé dont les yeux dégoulinaient au moindre drame.

Octave m'a prise dans ses bras. Il commençait à grandir. J'ai longtemps cru que mes parents avaient enfanté un nain. Octave m'avait surprise une fois en train de rechercher sur le site de l'ONISEP des débouchés pour personnes de petite taille, dans les cirques. Mais comme il me consolait souvent, je pouvais mesurer sa croissance. Là, il m'arrivait juste au-dessus des seins, ce qui rendait tout de même nos accolades gênantes. Je l'ai repoussé doucement.

– Qu'est-ce qu'il t'a fait ? Il a abusé de toi ?

– Octave !

À force de regarder les feuilletons de mamie, il s'était forgé une vision schématique des péripéties amoureuses. Je ne me suis pas senti le courage de lui raconter ma visite au château.

Plus tard, j'ai effectué une recherche Internet sur les parents de Robin. Je n'ai pas trouvé grand-chose.

Son père était cité dans quelques documents techniques et l'on pouvait accéder à son profil, sur un réseau professionnel. Je m'en suis abstenue. Sa mère apparaissait dans un article du journal local. Elle avait participé à l'organisation du Salon de l'orchidée.

Elle s'appelait Laurence.

9
Albert

Le lundi matin, rien n'était arrangé. Jade ne m'a pas sauté dans les bras en m'annonçant que l'horrible malentendu était dissipé, que tout était comme avant, désormais. Secrètement, j'espérais que mes suppositions sur Ludivine étaient erronées. L'idée que Jade ait pu ajouter foi à d'horribles allégations sur mon compte était trop consternante. Il faudrait bien que j'en aie le cœur net. J'aurais voulu n'être en rien responsable de sa désaffection. De sa défection. Qu'un drame l'ait bouleversée au point de lui rendre insupportable le souvenir de notre passé commun. Quelque chose de rassurant comme le divorce de ses parents, par exemple.

Mais non. Elle n'a rien dit. Ou plutôt, elle a dit des choses sans intérêt, indignes de nous, de nos rires de folles. Autrefois, tout était plus clair. On rompait définitivement avec nos meilleurs copains tous les deux jours. En vieillissant, il faut s'habituer au gris, à l'entre-deux, au flou. Les royaumes perdent leurs frontières.

Mais le vague, l'indécis, ont également leur intérêt. Par exemple, j'ai pu m'isoler avec Robin, pendant une heure de creux. C'est un autre avantage du lycée, ces trous dans l'emploi du temps. De loin les heures les plus intéressantes. En début d'année scolaire, le proviseur avait présenté ses excuses aux parents, dans une lettre : la multiplication des options ne permettait pas d'élaborer des emplois du temps resserrés. Sur le moment, je n'avais pas compris ce qu'il voulait dire. Maintenant, je sais. Notre grille hebdomadaire est criblée de vides confortables, des nids de néant, sans profs, sans obligations. Autre privilège, nous ne sommes plus contraints de filer en étude, de nous entasser dans une salle de permanence grouillante et surpeuplée. Comme de vrais humains, nous pouvons aller boire quelque chose à la cafétéria ou jouer aux cartes. On a aussi du temps pour l'amour.

– Ma mère est désolée, m'a menti Robin, quand nous nous sommes retrouvés à une petite table du foyer, vaste salle vitrée réservée aux élèves, où les surveillants s'aventuraient rarement.

Je l'ai dévisagé, incrédule.

– Quand elle est mal à l'aise, elle attaque. C'est sa technique.

J'ai soupiré.

– La vache. Elle devait être sacrément mal à l'aise.

Il a souri.

– C'est ma mère que tu traites de vache ?

– Non. J'aime bien les vaches.

Je lui ai expliqué, pour les A encadrant mon prénom. On a parlé du sien. Robin. D'après lui, le mot « robin » était péjoratif, à l'origine. Il désignait un paysan, donc un abruti, selon les critères aristocratiques de l'époque. Et aussi un homme de robe, un magistrat. Il nous était plus facile de parler du passé des mots que d'évoquer notre avenir. Alors je me suis assise sur ses genoux et j'ai insinué mes mains sous son blouson. Très vite, nous avons eu chaud et l'étymologie nous intéressait moins. Nous nous sommes embrassés comme si nous étions chacun pour l'autre un masque à oxygène. J'ai fermé les yeux, Robin a posé ses mains sur mes oreilles, m'isolant complètement du monde.

Puis quelque chose a heurté brutalement notre chaise.

– Pardon, les amoureux !

En rouvrant les yeux, j'ai vu un sourire éclatant et un tablier bleu. Puis mes connexions synaptiques se sont rétablies et mon cerveau a attesté que je connaissais la personne debout devant nous, un poing sur la hanche et un balai dans l'autre main. Mais il a refusé de me donner son identité. Robin s'en est chargé.

– Bonjour, Fatoumata !

Fatoumata. La princesse. Sans son manteau de fourrure. Fatoumata était femme de ménage dans notre lycée. Je ne m'en étais pas encore rendu compte.

– Désolée, les enfants. J'ai bousculé votre chaise avec mon balai.

Mais elle n'avait pas l'air désolée du tout. Plutôt ravie de nous revoir. Quant à moi, j'avais du mal à trouver quelque chose de spirituel à dire.

Fatoumata n'en demandait pas tant. Elle s'est contentée de nous adresser un clin d'œil puis elle s'est éloignée.

– À ce soir ?

J'ai regardé Robin. Il répondait déjà.

– Bien sûr. On y sera.

– Qu'est-ce qui se passe, ce soir ? ai-je croassé de cette voix de corneille agonisante dont j'hérite toujours, après les baisers de Robin.

– L'alphabétisation. On est lundi.

Peu à peu, le monde s'est remis en place dans ma tête, par fragments mal assortis.

– Mais je croyais…

– Quoi ?

– Tes parents ne t'ont pas interdit de… ?

– Si.

La discussion était close. On verrait bien. Je me suis demandé s'il était pertinent d'enchaîner sur un nouveau baiser mais la silhouette de Fatoumata poussant son balai sur le dallage rutilant m'en a dissuadée. À son passage, les élèves soulevaient leurs pieds sans la regarder. Je l'ai vue ramasser des gobelets vides que certains avaient jetés par terre par paresse d'aller jusqu'aux corbeilles. Elle n'était ni choquée ni résignée. Elle souriait toujours et j'étais sûre qu'elle pensait à nous. La serpillière, au bout du balai, traçait des chemins sur le sol et je me suis rappelé le grand nettoyage, avant la visite de Robin. J'étais certaine que Fatoumata avait des enfants. J'ai pensé à la mère de Robin, à celle de Jade, à la mienne. Fatoumata espérait que nous reviendrions, le soir, à l'association. Cette idée m'emplissait d'étonnement. J'avais l'impression d'usurper quelque chose. Robin aussi la suivait des yeux et nos rêveries dérivaient dans la même direction.

J'ai été ravie de constater qu'à l'heure suivante nous retrouvions M. Sudre. J'avais fait plus ou moins exprès de ne pas apprendre par cœur mon emploi du temps, afin que chaque cours soit une surprise, bonne ou mauvaise. En ouvrant son cartable, il me cherchait des yeux. Et quand il a pris la parole, j'étais certaine qu'il s'adressait spécialement à moi.

La séance portait sur Albert Camus. Ses cours présentaient sans doute une logique, une continuité, mais je ne la comprenais pas. J'accueillais chacun d'eux comme une aventure neuve. Depuis peu, d'ailleurs, les textes s'étaient mis à me parler. À moi. J'entendais la voix des auteurs morts, comme si les caresses de Robin m'avaient tirée d'une léthargie centenaire.

Cette fois, j'ai eu un véritable choc. Selon M. Sudre, Albert Camus affirmait que nous avions droit au bonheur. Malgré la misère du monde, insistait M. Sudre, malgré les douleurs, les horreurs, les injustices. Chacun a vocation à rechercher le bonheur. Parce que, si l'on n'est pas heureux, on ne peut pas aider les autres.

C'était lumineux. Sur le cliché en noir et blanc, mal photocopié, ornant le texte que M. Sudre nous avait distribué, Camus était très beau. Ses yeux mi-clos souriaient de malice. On a le droit d'être heureux. Ce n'est pas moi qui le dis, c'est Camus. Un prix Nobel, tout de même. Un écrivain engagé. Il s'est préoccupé des autres toute sa vie. Il a grandi dans un quartier pauvre d'Alger (j'ai fait des tonnes de recherches depuis). C'est décidé, je suis camusienne. Je le dis dès que l'occasion se présente.

Pourtant, la page que nous avons lue n'était pas vraiment réjouissante. Elle commençait par une phrase bizarre et sèche : «Aujourd'hui, maman est morte.» J'ai regardé Robin. Il n'a pas bronché. La mère de Camus n'envisageait pas de lui faire faire de grandes études. C'était peut-être la raison pour laquelle il l'aimait autant.

À la fin du cours, j'ai fait exprès de traîner, une fois encore.

– Alors, Verlaine ? m'a demandé M. Sudre avec le plus grand naturel, en rangeant ses papiers.

Que répondre ? «J'adore» ? « C'est génial» ? «Trop bien» ?

Risible.

– J'adore. C'est génial. Trop bien.

Dans les situations épineuses, mon Moi arriéré prend les commandes. J'ai enchaîné illico sur la question que je voulais lui poser.

– Vous pensez que Camus a raison ?

Il a suspendu son geste d'enfourner un paquet de copies dans son sac, et les feuilles sont restées au-dessus de la gueule béante du cartable, comme des victimes dont le supplice est provisoirement différé.

– À quel propos ?

– À propos du bonheur.

Il a hoché la tête, compréhensif.

– Vous savez, Alma, Shakespeare se demande où va le blanc, quand la neige fond.

– Ah bon ?

– Oui. J'y ai pas mal songé et je n'ai pas trouvé la réponse. En revanche, je crois que cette question en soulève une autre.

Il a réfléchi un bon moment, le paquet de copies toujours posé dans sa main, comme un gâteau d'anniversaire raté.

– Pourquoi la neige est-elle blanche ? Plutôt que marron, par exemple.

Aussitôt, l'image d'une tempête de neige marron s'est formée dans mon esprit. Des chaumières couvertes de marron, des batailles de boules de neige marron.

– Et vous avez la réponse ?

– Oui. Je crois que c'est pour nous consoler.

– Nous consoler ? Mais de quoi ?

– De la neige, justement.

Alors, seulement, il a déversé les copies dans sa besace. Il semblait considérer que j'étais suffisamment renseignée sur le bonheur. Je n'ai pas insisté et j'ai rejoint Robin à la cantine.

Je crois avoir passé l'après-midi à regarder tomber la nuit par la fenêtre. En cette saison, le jour renonce très vite à prolonger la partie. À cause des réflexions météorologiques de M. Sudre ou peut-être parce que les contraires s'appellent, la neige, dans ma tête tourmentée, a convoqué la nuit. Je me la suis représentée avec précision. Elle ne tombait plus, non. Elle s'approchait de la ville. À grande vitesse, comme une épidémie. Elle avait d'abord, vieille cafetière renversée, inondé les campagnes avoisinantes. Sur l'herbe rase des prairies, sur les arbres, elle projetait en avant d'elle-même une sorte de grisaille morne, ombre de l'ombre. Elle dispersait les derniers éclats, éteignait les miroitements palpitant entre les plumes des uns, entre les cils des autres ou parmi les roseaux. Elle se lançait sans vacarme et sans corps. Elle s'étalait partout à la fois, se déployant comme un jet de flèches sans origine précise, chaque dard s'épanouissant en dais, en voûte, en firmament. Sur l'herbe rase des prairies se répandait cette flaque sans fin, sans matière, noire et pourtant très propre, noire et sans volume, laissant sur son passage les choses intactes et bouleversées. Et sous la terre probablement, c'était le même topo. La terre buvait la nuit, il faisait nuit dans les terriers, dans les dédales, dans les tombes, il y faisait différemment noir, et sous l'eau, sous les surfaces, aux fonds, il faisait nuit aussi, les poissons levaient un œil vers le haut, considéraient le bord des nymphéas, jusqu'alors ourlé d'une fade pâleur, et le voyaient se fondre avec la masse bourbeuse et liquide. La nuit s'infiltrait dans les sillons, avalait les silex et l'étincelle bleue des chardons, n'oubliait aucune brillance, aucune couleur même ténue, les quelques fleurs de fin d'automne remballaient leurs pétales avec découragement, pliaient corolle, la terre se faisait charbon, un grand drapeau pirate flottait par-dessus tout, sans faire un pli.

– Qu'est-ce qui t'arrive ? Tu as l'air complètement déprimée, s'est inquiété Robin, à la sortie.

Je lui ai pris le bras, sans répondre. C'est un des privilèges inouïs que procure l'amour. Prendre le bras d'un garçon et le passer autour de son cou, comme un boa docile.

– J'ai une surprise pour toi, m'a-t-il annoncé.

Je l'ai suivi jusqu'au parking sinistre, surveillé par un pion très beau, où il garait son scooter. Il a fouillé dans un gros sac de marin qu'il avait porté toute la journée et en a tiré un casque. Il me l'a tendu.

– Aujourd'hui, nous avons une monture pour nous rendre chez la princesse.

Il m'a prise en croupe, bien que cette expression soit tout à fait laide. Et nous avons traversé la nuit.

L'immeuble était encore plus morose que la fois précédente. Le quartier ressemblait à la banlieue d'une ville irradiée. Robin a attaché le scooter à un réverbère et nous avons pris l'ascenseur. Ce n'était que ma deuxième séance, mais je me sentais en terrain connu.

Lise nous a ouvert la porte, surprise de ne pas voir Jade. Encore exaltée par ma chevauchée nocturne, je me suis rendu compte que je l'avais presque oubliée.

– Elle ne va pas tarder, ai-je précisé.

Mais Lise n'a posé aucune question. Elle s'est effacée pour nous laisser passer avant de refermer la porte derrière nous. Elle était visiblement tracassée, et Marie-France encore davantage. Il n'était peut-être pas convenable de se présenter ainsi sans avoir officiellement adhéré à l'association, ou passé un test, acquitté un droit d'inscription ?

Tandis que je cherchais une question intelligente à poser, la sonnette a retenti et Fatoumata est entrée, dans un froufrou de fourrure.

– Les amoureux ! J'en étais sûre !

Et elle nous a serrés sur son cœur, l'un après l'autre. Puis, en suspendant son manteau, elle s'est tournée vers les autres, assis à leur table, que nous n'avions même pas encore eu le temps de saluer.

– Vous les auriez vus, ce matin ! Heureusement que je suis arrivée à temps pour les séparer, sinon ils se seraient dévorés.

Un rire a parcouru l'assistance. Biha et Zohra pouffaient comme des gamines, Miloud et Mohamed se donnaient des coups de coude et, tout à coup, j'ai constaté qu'il manquait quelqu'un. À cet instant, Jade est arrivée, saluée par des exclamations de bienvenue.

Elle nous a souri puis a remarqué, elle aussi, les visages graves de Lise et de Marie-France. Elle a froncé les sourcils avant de les embrasser et d'échanger à voix basse quelques mots avec Lise.

Mais je n'ai pas eu le loisir de m'interroger davantage sur ces mystères. Marie-France m'a confié un groupe de « lecteurs confirmés ». Nous nous sommes installés autour d'une table ronde, au fond de la salle. Il y avait deux hommes, Saddik et Touati, d'un côté de la table, et trois femmes, Ramza, Biha et Zohra, de l'autre. Je me suis assise entre Touati et Ramza. Ma tâche était simple. Il s'agissait de les aider à déchiffrer un article portant sur l'organisation d'une soirée dansante, dans une maison de retraite. Mais le sujet s'est révélé beaucoup moins consensuel que prévu. Chaque phrase suscitait des commentaires vigoureux.

– On sait pas danser, en France ! a estimé Saddik.

Biha a aussitôt nuancé. Elle connaissait une femme, dans son quartier, une Française. Elle bougeait très bien. Elle la voyait quelquefois, par sa fenêtre. Touati regrettait la musique berbère. La vraie. On ne trouvait que des morceaux commerciaux sur Internet.

Comme je m'efforçais de les ramener au texte, dont ils s'éloignaient sans cesse, Lise a posé, en passant, une main sur ma nuque.

– T'inquiète. Taper la discute, c'est très important.

Elle parlait avec une fermeté douce, très impressionnante. Je n'avais même pas pensé à interroger Jade à son sujet. J'ai jeté un coup d'œil dans mon dos, à la dérobée. Robin, à l'autre extrémité de la pièce, montrait de grosses lettres à Fatoumata. Elle les examinait longuement en fermant presque un œil. Il faisait bon. La nuit était loin, derrière les fenêtres, chassée par le parfum du thé.

– C'est vrai, en boîte, tu vois les mecs, ils remuent à peine leur cul, a développé Saddik.

Il a imité les mecs, dans les boîtes, en France. Biha a éclaté de rire. J'étais gênée parce que Saddik devait avoir à peu près l'âge de ma grand-mère. La gêne m'a fait poser l'une des trois questions les plus stupides de mon existence. (Je me souviens parfaitement des deux autres, mais je les garde pour moi. Seul Octave sera autorisé à les révéler, longtemps après mon trépas.)

– Pourquoi est-ce que vous voulez apprendre à lire, Saddik ?

Inutile d'expliquer que je manquais cruellement d'autorité sur les Moi tarés prospérant encore dans mon être fragile, ceux-là mêmes qui m'obligeaient à regarder la télé en dévorant des chips au glutamate.

Mais Saddik ne s'est pas énervé, bien au contraire, même si j'ignore ce qu'est le contraire de s'énerver. Il m'a souri.

– Pour aider les petits-enfants à faire leurs devoirs. On commence à avoir du mal à suivre.

– Et aussi pour trouver un vrai boulot, a ajouté Ramza.

– C'est quoi, ce livre ? s'est enquise Biha avec un petit mouvement de menton en direction de ma main droite.

J'ai baissé les yeux et me suis aperçue que je serrais comme un doudou le vieux volume de Verlaine. Je l'avais extirpé involontairement de ma poche.

– Je… je me disais qu'on pourrait faire une pause. Vous voulez que je vous lise quelques vers ?

Sans attendre leur réponse, j'ai ouvert le livre au hasard et j'ai déclamé :

« Ô le frêle et frais murmure !
Cela gazouille et susurre,
Cela ressemble au cri doux
Que l'herbe agitée expire… »

Par un hasard abominable, tout le monde s'était tu au moment où j'avais parlé. Les mots se sont détachés sur fond de silence immaculé.

– On va essayer de ne pas trop se disperser, a dit Marie-France au bout d'un moment.

Tout le monde a repris ses activités. Deux boules rouge vif se sont allumées dans les lunettes de Touati et j'ai mis du temps à comprendre qu'il s'agissait du reflet dédoublé de mon visage.

– Ce mec-là, m'a confié Saddik en tapotant le recueil, je suis sûr qu'il faisait un malheur en boîte.

Par-delà sa tête grisonnante, j'ai aperçu celle de Jade. Un sourire sublime ornait son visage. Sublime parce qu'il remontait directement de l'enfance, comme un navire englouti. Et surtout, parce qu'il m'était destiné. J'avais tellement chaud à la peau qu'en souriant pour lui répondre j'ai craint de faire craquer les commissures de mes lèvres. Mais j'y suis parvenue, et tout est devenu vaporeux dans la pièce. Elle a remué ses cheveux en levant les yeux au plafond, comme quand j'avais fait exploser une canette de Coca en cours de français, jadis ou naguère. Je me suis dit que c'était un moment de bonheur, et que j'y avais droit. J'en ai bien profité. Camus avait tout compris.

Mais ma foi dans le grand philosophe a vacillé lorsque, une heure plus tard, nous sommes descendus tous ensemble, après le cours, et que nous avons trouvé le scooter de Robin démembré.

Visiblement, quelqu'un – ou, plus probablement, une meute de zombies furieux – avait tenté de voler l'engin. La chaîne avait résisté et les créatures s'étaient vengées en massacrant le destrier de mon petit prince. Les roues étaient tordues. La selle, crevée, vomissait de la bourre, de l'essence coulait du réservoir éventré. Des hiéroglyphes injurieux maculaient le métal gondolé. J'ai serré de toutes mes forces le bras de Robin.

Tout le monde a fait cercle autour de la catastrophe. Fatoumata remuait horizontalement la tête, avec lenteur. Ce mouvement était rassurant. Elle en avait vu d'autres. Beaucoup d'autres. Et détenait peut-être des solutions. Mais, pendant un long moment, nul n'a brisé le silence.

Finalement, Touati s'est dévoué. Il a posé sa main énorme sur l'épaule de Robin.

– Je vais te ramener, petit. J'ai ce qu'il faut.

Robin n'a pas réagi. Pendant qu'il s'accroupissait pour évaluer de plus près les dégâts, chacun s'est mis à donner son avis avec véhémence. Des lumières se sont allumées aux fenêtres de l'immeuble. Des visages curieux sont apparus. J'ai senti un bras chaud contre le mien. Jade.

– C'est vraiment dégueulasse, a-t-elle murmuré.

Puis, en un geste étonnamment maternel, elle a appliqué doucement sa paume sur le crâne de Robin. Il s'est relevé lentement. Son calme m'inquiétait. J'aurais préféré qu'il se joigne au chœur des indignés.

– De la tôle, a-t-il fini par dire, d'une voix enrouée. C'est que de la tôle.

Mais sa rage était palpable. Et peut-être son angoisse.

Contrairement à beaucoup de garçons du lycée, il ne fétichisait pas son scooter. Mais sans lui, il serait moins libre, c'était sûr. Plus tributaire de ses parents. Mauvais présage pour notre amour.

Une pétarade malodorante a couvert les rumeurs. Le faisceau d'un phare unique a éclairé la scène de crime et Touati est descendu d'un véhicule utilitaire délabré, dont il n'a pas éteint le moteur. À vrai dire, la camionnette était à peine en meilleur état que le scooter, mais elle était de taille à le contenir. Robin a hésité un instant puis il a ouvert le cadenas de l'antivol. Avec solennité, Miloud, Mohamed et Saddik ont soulevé le motocycle et l'ont déposé dans le vaste coffre, où Touati avait fait de la place en repoussant sur les côtés divers objets encombrants, des jerrycans, des pots de peinture et un tuyau enroulé. Touati a fixé le scooter à l'aide de vieux tendeurs effilochés puis a étendu une couverture sur sa carcasse martyrisée.

J'ai serré à nouveau la main de Robin.

– Je viens avec toi.

Il a froncé les sourcils, mais j'ai vu que cela lui faisait plaisir.

– Pas la peine, je t'assure, mes parents vont être furieux.

J'ai décrypté le sous-texte : ils seront déjà suffisamment furieux. Ta présence n'arrangera rien. Je me suis contentée de sourire et il a fini par en faire autant. Nous sommes montés dans la guimbarde après avoir recueilli les encouragements et les déplorations de la petite bande. Robin s'est installé à l'avant, à côté de Touati, et je me suis juchée sur le siège arrière. Au moment où je bouclais ma ceinture, Jade a pris place à côté de moi. Je n'ai pu m'empêcher de tressaillir.

– Qu'est-ce que tu fais ?

– Je vous accompagne. C'est un peu de ma faute, tout ça.

Robin n'a rien répondu. J'ai hoché la tête.

– Pas faux.

Elle m'a donné un coup de coude et nous avons démarré, dans un chapelet de détonations.

Nous avons gardé le silence tout le long du parcours. Seul Robin fournissait, de temps à autre, une brève indication à Touati. Je me suis demandé comment celui-ci se débrouillait avec les panneaux, sans savoir lire. J'en ai déduit que certaines vies étaient encore plus compliquées que la mienne.

Lorsque nous sommes arrivés devant le portail de sa propriété, Robin est sorti d'un rêve. Il a fixé les murs, hébété. Nous n'avions aucun plan d'attaque, ou de défense. Valait-il mieux que Touati décharge le scooter et nous abandonne tous les trois ? Mais il était très lourd, nous n'aurions jamais pu le transporter jusqu'aux dépendances. D'ailleurs, Touati n'a pas fait mine d'envisager cette hypothèse. Il s'est tourné vers Robin, attendant, avec un sourire patient, qu'il nous ouvre. Sa résolution nous a tous soulagés. Robin est descendu, a composé le code et les battants se sont ébranlés.

Jade a regardé le château s'avancer vers nous. À mesure que la camionnette bringuebalait sur l'allée caillouteuse, des lampes s'allumaient dans les arbres. Touati s'est arrêté le plus près possible du bâtiment. Quand il a éteint le moteur, les parents de Robin se tenaient déjà sur le perron. Leurs silhouettes s'encadraient dans l'embrasure illuminée.

Robin a poussé un long soupir puis il est descendu. Instinctivement, j'ai serré la main de Jade. Elle ne s'est pas dérobée. Nous avons suivi Robin. Il s'entretenait déjà avec les monstres, à mi-voix.

Contrairement à ce que j'avais craint, il n'y a eu aucun drame. Pas un mot plus gros que l'autre. Le père de Robin a remercié Touati. À eux deux, ils ont déchargé le scooter. J'ai cru qu'il allait lui glisser un billet, comme dans les films, mais il s'en est abstenu, à mon grand soulagement. La mère n'a presque pas parlé. Elle a posé les yeux sur Jade mais s'est contentée de lui adresser un signe de tête. Elle paraissait plutôt soulagée que je ne sois pas venue seule, comme si la présence d'une autre fille me destituait de mon grade d'amoureuse officielle. Je devenais une figurante dans cette scène tragique. Robin l'a senti aussi et il s'est approché de moi, avant de m'enlacer et de me serrer longuement dans ses bras.

– Je suppose, a émis son père dans un toussotement, que vous avez porté plainte ?

Nous nous sommes figés. L'idée ne m'avait pas même effleurée. Touati a éclaté d'un rire incongru.

– La police n'est pas mon amie, monsieur !

Cette remarque a exaspéré la mère.

– Mais c'est idiot ! Il aurait fallu qu'ils… procèdent à des relevés. Comment voulez-vous retrouver les coupables, maintenant ?

Robin, à son tour, a eu un petit rire, beaucoup moins gai que celui de Touati.

– On n'est pas dans *Les Experts*, maman. Ils ne vont pas faire venir les scientifiques de la criminelle pour un scoot.

– Robin ! a aboyé son père.

Et j'ai mesuré son degré de fureur à sa façon d'expectorer les syllabes. Jusqu'à présent, je l'avais cru calme, presque indifférent. Il était juste horriblement maître de lui.

– Merci encore, monsieur, a-t-il poursuivi avec un gentil sourire de gorgone, nous allons régler cette histoire en famille.

Touati a hésité. Il se demandait visiblement si le fait de laisser Robin entre les mains de ses parents ne relevait pas de la non-assistance à personne en danger. En provenance d'une planète barbare où régnaient la sauvagerie et la terreur, des lueurs étranges couraient sur leurs visages. Je me suis agrippée à Robin. Il me serrait toujours. Mais son étreinte s'est relâchée. J'ai compris qu'il était temps pour moi de l'abandonner une fois de plus. Je l'ai embrassé, très longuement, jusqu'à ce que les soupirs impatients de sa mère se muent en un grondement continu de rottweiler.

Nous sommes remontés dans la camionnette de Touati.

– Pas commodes, les vieux, a-t-il observé en démarrant, bien que les châtelains aient sans doute quinze ans de moins que lui.

Le portail s'est refermé derrière nous. J'éprouvais avec la même intensité l'angoisse d'avoir quitté Robin et la douceur de voyager dans la nuit, en compagnie de Jade. Nous nous étions tassées toutes les deux à l'arrière, laissant vide la place de Robin. J'ai posé ma tête sur son épaule et, au bout d'un moment, elle s'est mise à me caresser doucement les cheveux. Touati ne parlait pas. Ce moment miraculeux a duré jusqu'à ce que nous la déposions au pied de son immeuble. Elle n'est descendue qu'après m'avoir octroyé une vraie bise de meilleure copine. J'ai rejoint Touati à l'avant, il a démarré et, pendant plusieurs longues minutes, j'ai cru que tout était redevenu comme avant. Que cette brouille absurde était terminée. Peut-être la destruction du scooter avait-elle joué le rôle d'un sacrifice, et satisfait les dieux courroucés qui me poursuivaient de leur rancœur. J'y ai cru jusqu'à ce que Touati se mette à me parler.

– Vous n'êtes plus fâchées, alors ?

J'ai eu un véritable haut-le-corps. Il savait. Comment était-ce possible ? Le monde entier était-il au courant ? Si Jade avait cru bon de répandre la nouvelle de notre séparation, c'était sans doute qu'il n'y avait plus rien à attendre des dieux. Touati m'a lancé un regard inquiet.

– J'aurais mieux fait de me taire, je crois.

J'ai eu soudain très chaud. Le moment était venu de découvrir la vérité.

– Au contraire. Parlez-moi, s'il vous plaît ! C'est très important.

Ma propre voix m'a galvanisée. Je n'étais déjà plus la pauvre fille inquiète, malmenée par les événements et soumise au cours des choses. J'agissais. Cet apprenant allait m'apprendre tout ce que je désirais connaître. Il a dû sentir, lui aussi, la fermeté de ma résolution, car il m'a obéi, après un bref débat intérieur, marqué par quelques hochements de tête.

– Ça s'est passé le jour où j'ai rencontré Jade.

« Ça s'est passé ». Il s'était donc bien passé quelque chose. Et contrairement à moi, il se souvenait du moment où il avait connu ma meilleure amie.

– J'étais au supermarché. Je cherchais une marque précise de céréales pour mes petits-enfants. Ils m'avaient écrit le nom sur un bout de papier, sans penser à le prononcer à haute voix. Je ne leur avais jamais dit que je ne savais pas lire. Je traînais dans le rayon. Je n'osais pas demander aux gens de m'aider. Et puis j'ai vu arriver cette jeune fille, en pleurs.

En pleurs ? Jade ne m'avait jamais parlé de ce moment. Les rares fois où, à ma connaissance, elle avait pleuré, c'était auprès de moi qu'elle s'était réfugiée. Pas dans les allées d'un supermarché. J'ai retenu mes questions, craignant que Touati ne se ravise et ne décide de se taire.

– C'est sûrement parce qu'elle pleurait que j'ai osé lui parler, tu comprends ?

J'ai hoché la tête.

– Je lui ai demandé de lire ce qui était marqué sur mon papier. Elle a eu l'air si étonnée que ses larmes ont arrêté de couler. Puis elle a lu et nous nous sommes mis à parler. Je n'ai pas osé lui demander pourquoi elle était si triste, mais c'est venu tout seul. Elle m'a dit que sa meilleure amie venait de faire quelque chose de terrible. Elle a dit ça : « Quelque chose de terrible. »

Touati s'est tu. Il regrettait visiblement de s'être aventuré si loin. Quelque chose de terrible.

– Elle ne m'a pas dit quoi, a-t-il repris, désolé. Après, je lui ai dit que je m'étais inscrit à l'association, pour apprendre à lire. Ça a eu l'air de l'intéresser énormément. Elle m'a demandé si elle pouvait y venir, elle aussi. C'était mignon. Elle voulait mon autorisation. C'est comme ça que ça a commencé.

– Et depuis, vous ne lui avez jamais posé la question…

Il a secoué la tête, dans le noir.

– Jamais.

Il disait vrai, j'en étais sûre. Après quelques détours dans la ville silencieuse, il a fini par me demander où j'habitais. Nous roulions au hasard depuis que nous avions déposé Jade. Je ne lui avais pas indiqué mon adresse. Alors, seulement, ma famille m'est revenue en mémoire. Je ne les avais pas prévenus. Octave devait être mort d'inquiétude.

Mais je n'ai pas eu l'énergie de les appeler. Je ne me rappelle plus comment s'est déroulée la fin du voyage. En silence, je crois. Je sais juste que, quand je suis rentrée, après que Touati m'a déposée, je les ai trouvés tous les trois pleurant de rire dans le canapé, devant un film dont je n'ai même pas voulu connaître le titre.

– Désolé, a hoqueté Octave. Je crains d'avoir fini le hachis.

Je n'ai pas réussi à joindre Robin de toute la nuit.

Quelque chose de terrible.

J'ai hésité à appeler Jade mais je ne m'en suis pas senti la force. J'ai dormi par intermittence, trop énervée pour sangloter tranquillement, tandis que les ronflements d'Octave ébranlaient la cloison. Mes parents n'avaient pas jugé bon de s'inquiéter pour moi. Leur optimisme serein était parfois lourd à porter. J'étais seule dans ma nébuleuse.

10
La chaleur des autres

Je suis donc partie tôt, le lendemain matin, prête à affronter de terribles nouvelles : Robin aurait quitté le lycée. Il serait inscrit dans un établissement sécurisé dont l'emplacement était tenu secret. Nous nous reverrions un jour, par hasard, dans les couloirs de la maison de retraite et nos bouches édentées échangeraient un long baiser avant de rendre en même temps le dernier soupir.

Or, pas du tout. Il était là. Jade aussi. Et le reste du monde. La cour grouillait mollement de créatures sans attrait, égoïstes et ternes. Aucune apocalypse. Et pourtant, Jade me reprochait quelque chose de terrible. J'avais presque pris la résolution de lui poser la question sans préambule, mais Touati m'avait fait confiance, en me racontant ce qui s'était passé. Même s'il ne m'avait rien demandé, j'aurais eu le sentiment de le trahir. Après avoir retourné cette histoire de supermarché dans tous les sens, j'avais acquis la conviction qu'elle renforçait les soupçons qui pesaient sur Ludivine. Je savais bien, moi, que je n'avais rien fait de grave. Pas contre Jade, en tout cas. Donc quelqu'un lui avait menti à mon sujet. Il ne pouvait s'agir que de Ludivine. Mais qu'avait-elle pu lui dire ? Pourquoi Jade ne s'en était-elle jamais ouverte à moi ? C'était incompréhensible. Ou alors il s'agissait d'un mensonge si énorme, si noir, si terrifiant, si crédible, surtout, qu'il ne nécessitait aucune vérification. Un plan diabolique. J'ai tourné la tête. Ludivine était là. Elle se tenait tout près et me fixait, un mince sourire aux lèvres. Peut-être me suivait-elle ainsi chaque jour, savourant son triomphe. Depuis que je connaissais la mère de Robin, je savais que la méchanceté n'était pas un vain mot. J'allais devoir me battre et Octave serait mon seul allié dans cette guerre. Autant dire que mes chances étaient maigres.

– Désolé, a dit Robin en m'embrassant. Ils m'ont confisqué mon téléphone et coupé Internet.

J'ai opiné. Si le ridicule tuait un jour ces parents indignes, les miens adopteraient Robin.

– Qu'est-ce que tu grommelles ? m'a-t-il demandé en redressant mon menton avec son index.

– Rien, j'ai mal dormi.

– Moi aussi.

– Comment tu vas faire, pour ton scooter ?

– Ils attendent que je les supplie pour le faire réparer. Je pense que je vais pratiquer la marche à pied plus souvent. Ça me changera de mes jeux vidéo. Jade sera contente.

D'un même mouvement, nous nous sommes tournés vers elle mais elle n'écoutait pas. Assise sur un banc, elle fixait son téléphone. Soudain, elle a levé les yeux vers nous, son visage était grave.

– On a un problème.

À la façon dont elle le disait, j'ai compris que même l'affaire du scooter était sans importance, à côté de ce qu'elle s'apprêtait à révéler. Nous l'avons rejointe, sans nous lâcher la main.

– Ils veulent renvoyer Faroudja en Algérie.

J'ai cherché quelque chose à dire, et mon Moi crétin a proposé :

– Comment tu l'as su ?

Je connaissais déjà la réponse. Elle venait de recevoir un message de Lise. Cette question émanait de mon Moi jaloux. Au lieu d'être catastrophée pour Faroudja, j'en voulais à Jade de m'avoir si vite remplacée par cette Lise si informée, si concernée, si efficace. C'était dérisoire, pathétique et méprisable. Submergée par les adjectifs, je me suis demandé comment Robin pouvait encore supporter le contact d'une charogne de mon espèce. Le sort s'acharnait sur lui. Après avoir subi les persécutions d'un couple sanguinaire, il s'amourachait d'une péronnelle égocentrique. Peut-être, finalement, avais-je réellement commis à mon insu un acte ignoble, une indélicatesse sans précédent, un crime irrémédiable. Pas moi, mais l'un de mes Moi, qui aurait agi dans mon dos.

Jade n'a pas daigné me répondre. J'ai compris, rétrospectivement, pourquoi Lise et Marie-France étaient contrariées, lorsque nous étions arrivées à l'association, la veille. Elles étaient déjà au courant, pour Faroudja.

– Qu'est-ce qu'on peut faire ? a demandé Robin.

Voilà. C'était la bonne question. Qu'est-ce qu'on allait faire ? Lise en déciderait sans doute. Ou Marie-France. La sonnerie a retenti.

– Une manif devant la préfecture, a répondu Jade.

– Quand ?

– Ce soir.

Comme elle se dirigeait tranquillement vers le bâtiment central, je lui ai demandé s'il ne valait pas mieux sécher les cours et filer tout de suite à la préfecture. J'étais contente de moi, pensant avoir rattrapé ma bévue par cette suggestion audacieuse, révélant un caractère bien trempé que personne n'avait soupçonné jusqu'ici.

Mais Jade a poussé un soupir agacé.

– Une manif, ça s'organise !

J'ai eu la sagesse de ne presque plus ouvrir la bouche de toute la journée, sauf pour accueillir celle de Robin. À chaque interclasse et même pendant une bonne partie des cours, Jade a téléphoné, envoyé ou reçu des SMS. Les portables étaient interdits mais nous étions passés maîtres dans l'art de communiquer en cachette. Les appareils étaient dissimulés dans les trousses ou sous les cahiers. Nous avions remarqué depuis longtemps que le prof d'histoire en faisait autant, quand il s'ennuyait trop. À cinq heures et demie, Jade nous a donné ses instructions :

– Marie-France a contacté tous les membres du réseau de défense des sans-papiers. Ils ont battu le rappel. On se retrouve devant la préfecture dans une demi-heure.

Nous avons couru vers l'arrêt de bus, soudain envahis par un sentiment d'urgence. N'aurait-il pas fallu monter sur un banc pour rallier les lycéens à notre cause ? Pourquoi Jade n'y avait-elle pas pensé ? À nous tous, nous pourrions empêcher la police d'accomplir son forfait. Mais je n'ai rien dit. La joyeuse indifférence de mes congénères, je m'en rendais bien compte, ne serait pas facile à combattre. Il faudrait du temps. Voilà peu, j'étais comme eux tous. Une fille de mon âge.

– Faroudja n'a pas de papiers ? a demandé Robin, essoufflé.

– Tu pensais que l'État français lui offrait un séjour de luxe dans un palace de Constantine ? a rétorqué Jade.

J'étais contente de n'être pas la seule à poser des questions bêtes. Robin a rougi. Le pauvre. Le bus est arrivé tout de suite et nous avons sauté dedans.

À ma grande surprise, Robin n'a pas abandonné le débat.

– Comment tu peux être sûre d'avoir raison ?

Jade a écarté une mèche de son œil.

– Comment ça ?

– À propos de Faroudja ? Des sans-papiers ?

Jade a réfléchi. Mais je voyais qu'elle était en colère et j'ai eu pitié de Robin.

– Je me pose plutôt la question pour les autres, a-t-elle répondu, faussement calme.

– Quels autres ?

– Ceux qui ne font rien, ceux qui jouent sur leur ordinateur pendant qu'on expulse les gens qui ne peuvent plus payer leur loyer, par exemple. Est-ce qu'ils sont sûrs d'avoir raison de s'en foutre ? Dans le doute, je préfère manifester devant la préfecture.

– Tu es méprisante, Jade.

Prononcé par lui, ce prénom sonnait comme un

accord parfait, à la fin d'une sonate. Elle a levé la tête.

– Excuse-moi.

Ils se sont regardés si longtemps que je me suis sentie gênée. Je n'étais plus au diapason.

Puis Robin a souri.

– Allons-y. On va être en retard.

Un aigre vent d'automne frigorifiait la petite foule rassemblée sur l'esplanade devant la préfecture, pour soutenir Faroudja. Quelques CRS apparemment peu motivés jetaient par-dessous leurs casques des regards vides sur les manifestants. Dès qu'elle nous a vus, Lise s'est détachée du groupe pour nous rejoindre.

– On a réussi à avoir la presse, a-t-elle dit aussitôt, en nous tendant distraitement ses joues.

Elle a pointé son coude vers un homme chauve et mal rasé. Un gros appareil photo, dont la lanière passait autour de son cou, rebondissait sur son ventre proéminent chaque fois qu'il se déplaçait.

Nous nous sommes rapprochés de la troupe des protestataires. Pour ma première manif, il n'y avait pas beaucoup d'ambiance. La plupart des participants semblaient être des retraités, tout joyeux de se retrouver là. Deux dames minces, dont l'une poussait un vélo, commentaient une recette de tiramisu. Robin aussi était décontenancé. Nous nous demandions s'il était bien convenable d'afficher une telle décontraction, compte tenu de la menace pesant sur Faroudja.

J'ai senti que quelqu'un me tapait sur l'épaule. Je me suis retournée, c'était le journaliste. Il m'a fait signe de le suivre, à l'écart du groupe. J'ai attrapé la main de Robin et il m'a accompagnée.

– Ça vous dérange de répondre à quelques questions ? m'a demandé l'homme.

Son haleine sentait le pain au chocolat.

Je me suis tournée vers Jade, mais elle était plongée dans une discussion avec Lise. Une demi-douzaine de personnes ont rejoint la petite foule et je les ai perdues de vue.

– Ce qu'il faut, dans mon boulot, a exposé le journaliste, c'est trouver un angle.

Il a plongé la main dans l'une des poches de sa doudoune et en a tiré un gros morceau de viennoiserie qu'il a fourré dans sa bouche avant de l'avaler tout rond. Ensuite, sans prévenir, il nous a photographiés, Robin et moi. Le flash était très violent.

– Parfait. Vous étiez très naturels.

– Attendez ! a protesté Robin. On n'a pas donné notre autorisation pour la photo.

– Connaissez-vous la personne rapatriée ? a répondu le journaliste en sortant un petit carnet graisseux d'une autre poche.

Comme nous nous regardions, de plus en plus inquiets, un homme s'est approché de nous. Il portait une énorme chapka, très poilue, et c'est sans doute la raison pour laquelle il m'a fallu quelques secondes avant de reconnaître M. Sudre.

– Bonsoir Alma !

Il était visiblement très heureux de me trouver là.

Avant qu'il ait pu saluer Robin, un grand gaillard blond est venu se poster à côté de lui, et a posé une main sur son épaule. Ce geste m'a étonnée, je ne parvenais pas à lui donner un sens, comme s'il échappait à tous les codes connus. Un geste calme, étonnamment familier. Et cette familiarité me décontenançait.

– Je vous présente Roger, a dit M. Sudre d'une voix légèrement altérée. Mon compagnon.

Un silence s'est niché dans le brouhaha ambiant. M. Sudre scrutait mon visage, avec une sorte de curiosité.

– Roger, voici Alma et Robin. Deux élèves qui, apparemment, ne se résignent pas à l'injustice.

Roger, par-dessus la chapka de M. Sudre, nous a tendu sa main chaude. J'ai compris à cet instant qu'il était vraiment immense.

– Bravo, les élèves ! a-t-il scandé, d'une belle voix grave.

Instinctivement, je me suis tournée vers Robin. Il était très pâle, mais c'était peut-être dû à la lumière des réverbères. Mon cerveau était engourdi. Je n'arrivais pas à traiter toutes les données à la fois. Ma première manif, ma première interview, M. Sudre était gay. Je n'osais pas penser le mot « homosexuel ». C'était absurde. J'avais le sentiment que l'homosexualité de M. Sudre n'avait rien à faire ici, sur cette esplanade. Une révélation d'une telle importance aurait mérité un moment exclusif, plein, entier, un moment de calme, suivi de plusieurs heures de solitude, pour que j'intègre cette nouveauté capitale dans mon univers bouleversé. J'aurais voulu aussi être préparée, avoir perçu des indices, nourri des soupçons.

– On peut continuer l'interview ? a demandé le journaliste, la bouche pleine.

Sa voix pâteuse, j'ignore pourquoi, m'a brutalement rendu tous mes moyens. Mon Moi godiche a cédé la place à un autre, dynamique, spirituel et rieur. J'ai adressé un clin d'œil à M. Sudre.

– Je préférerais que vous parliez avec mon prof. Il répond très bien aux questions.

Désarçonné, le journaliste s'est tourné vers M. Sudre.

– Vous êtes prof de quoi ?

– Demandez-lui pourquoi la neige est blanche.

À ma surprise, Roger a éclaté de rire et m'a regardée avec une sorte de tendresse complice, très réconfortante. Le journaliste a rangé son carnet d'un air résigné.

– Bon, écoutez, j'ai encore beaucoup de boulot. On m'attend au banquet du club de pétanque.

Mais M. Sudre a fait un pas vers lui avant d'ôter sa chapka.

– Rappelez à vos lecteurs que la France est une terre d'accueil.

Le journaliste a attendu.

– C'est tout ?

– Oui.

Il est parti en haussant les épaules. M. Sudre s'est tourné vers nous, sans doute pour nous parler, mais son téléphone a sonné, au fond d'une de ses poches, et il s'est éloigné, suivi de Roger. Je me suis aperçue que la foule avait grossi. L'esplanade était presque pleine et les CRS restaient à distance, vigilants mais toujours aussi peu concernés, en apparence. J'ai voulu rétablir le contact avec Robin, encore pâle et muet. L'orientation sexuelle de M. Sudre l'avait indubitablement choqué. Orientation sexuelle ! La formule ne détonnerait pas dans la collection inaugurée avec « expérience enrichissante », « femme au foyer » et « petit ami ». Mon Moi intelligent ayant de nouveau disparu, j'ai préféré me taire. Tout à coup, Jade et Lise se sont retrouvées à mes côtés.

– Tu as parlé au journaliste ? m'a demandé Jade, soucieuse.

– Non, je…

– Tu as bien fait. C'est un con. Moins il en sait…

– Il y a M. Sudre. Avec son… son copain !

L'information avait été lâchée par mon Moi prépubère, le Moi friand de scoops et d'infos décapantes. Tout y était : la voix trop aiguë, le débit précipité et même, presque, le chuintement de l'appareil dentaire que je ne porte plus depuis des lustres.

– Oui, a répondu Jade sur un ton sépulcral. On les voit souvent aux manifs.

Son regard s'est attardé longuement sur moi, et j'ai eu honte. Elle savait, depuis longtemps. Elle ne m'en avait rien dit parce que ça n'en valait pas la peine. Ou parce que je n'étais pas digne de recevoir cette information. Ou les deux. Elle était au-delà de ça, depuis longtemps. Au-delà de quoi, exactement ? Espérant que Robin me vienne en aide, j'ai tourné les yeux vers lui.

– Personnellement, je trouve que c'est bizarre, a-t-il marmonné.

– Quoi ? a répondu Jade, trop vivement.

– Rien. D'étaler sa… sa vie privée, comme ça.

Consternation. Tout à coup, ses parents parlaient

par sa bouche. À l'unisson. J'étais paralysée. Jade et Lise ont échangé un bref coup d'œil.

– Tu as d'autres choses intéressantes à nous dire ? a demandé Jade avec un sourire triste.

Je n'ai pas eu le courage de le défendre. Deux images se sont imposées à moi, au mauvais moment, comme d'habitude. Celle de Faroudja, d'abord. Nous étions là pour elle et quelque chose d'autre s'était passé. Même pas un événement. Et pourtant, je n'arrivais plus à penser à elle. Mon esprit s'accrochait à la main de Roger posée sur l'épaule de M. Sudre. Et puis j'ai revu le visage de ma grand-mère. Certains des manifestants avaient son âge. Elle préparait sa soupe en attendant l'heure du feuilleton.

– Non, a répondu Robin. Je crois que je vais vous laisser.

Et il est parti, sans un mot pour moi, ni pour personne. En quelques secondes, la foule l'a soustrait à ma vue. J'ai eu si froid, soudain, que mes dents se sont mises à claquer.

– Viens, a dit Jade en prenant mon bras.

Et nous nous sommes enfoncées dans la chaleur des autres.

11
La vie à l'envers

Je suis rentrée chez moi, tard et seule. Il faisait nuit souvent, ces temps-ci. Je me levais avant le soleil, revenais au crépuscule. La maison où j'avais grandi disparaissait dans une obscurité perpétuelle, aux confins d'un pays sans éclat. En voyant briller ses fenêtres, j'ai regretté la chaleur des rayons qui traversaient ma chambre et remuaient la poussière du salon. J'ai pris la décision de ne pas aller au lycée le lendemain. C'était facile. Mes parents avaient toujours adoré que je tombe malade. Ils ne me l'avaient jamais dit, mais leur joie était visible dès que ma température montait légèrement ou qu'une quinte de toux me réveillait. « Il vaut mieux que tu restes au chaud », professaient-ils à l'unisson. Et ils se dévouaient, à tour de rôle, pour rester avec moi toute la journée. À mon âge, bien sûr, je ne pouvais plus leur demander de jouer les gardes-malade. Mais c'était aussi bien. J'étais en manque de solitude et de clarté.

Dès le palier, j'ai entendu vociférer mon père. Et je me suis doutée de ce qui se passait. J'ai marché à pas de faon jusqu'à la buanderie, d'où provenaient ses cris.

– Ah, te voilà ! a-t-il hurlé. Apparemment, tu n'as pas encore complètement oublié ta famille. Je m'en réjouis ! Je suis fou de joie !

Néanmoins, son allure contredisait formellement ses allégations. Pieds nus, le pantalon roulé sur les mollets, il pataugeait dans une flaque d'eau brune. Sa main droite serrait une clé à molette. C'est son seul outil. Il lui sert à tout, monter les meubles en kit, rétablir le courant, déboucher les éviers, chasser les merles. Le résultat, de toute façon, est toujours le même : échec total accompagné d'une aggravation du problème, voire d'une blessure.

J'ai tendu la main et lui ai doucement dénoué les doigts avant de récupérer la clé et de la ranger sur une étagère.

– Tu étais où ? s'est enquis mon père. Il ne tenait pas vraiment à le savoir mais il fallait bien qu'il continue, maintenant qu'il avait abordé cette question.

– À la manif contre l'arrestation de Faroudja.

– Faroudja ?

– Une amie algérienne. J'aurais presque espéré vous y voir. Qu'est-ce qui est en panne ?

Il a hésité, sentant bien que j'attendais de connaître plus précisément sa position sur les sans-papiers. Mais son besoin de voir rapidement résolu son petit problème de plomberie l'a emporté. J'étais la seule à pouvoir réparer, il le savait.

– Le lave-linge. Je ne comprends pas. Il n'essore plus, il s'arrête au milieu d'un programme. J'ai essayé de dévisser un truc et voilà. Inondation !

Je me suis approchée de la machine. Un fait m'a frappée : je portais les mêmes chaussures que le jour où j'avais couru chez Jade pour lui parler de Robin. Le jour où tout avait fini. À présent, elles étaient boueuses et abîmées. Je n'avais même pas pensé à les ôter. L'eau brune du lave-linge y pénétrait comme dans un buvard, dessinant des îles mazoutées. Je m'en fichais. C'était bon signe. Je faisais des progrès.

Je me suis accroupie, ai retiré un bouchon permettant de vidanger la machine, introduit deux doigts dans le conduit et récupéré un petit objet dur. J'ai réussi à le faire disparaître dans ma manche avant que mon père ne l'aperçoive.

– C'est arrangé, ai-je soupiré, sur le ton d'un vieux docteur sexy rangeant son stéthoscope. Fais un test si tu veux.

Mon père a appuyé précautionneusement sur les boutons et le moteur s'est mis à ronronner tandis que le linge, à l'intérieur, tournait comme les questions dans ma pauvre vie.

– Comment tu fais ? Mais comment tu fais ? Tu es géniale, Alma ! On va fêter ça.

Il ne désirait pas vraiment connaître l'explication technique de ce petit miracle. Je me suis abstenue de lui révéler que la notice des appareils électroménagers recélait des secrets d'importance. À la différence de mes parents, je pouvais lire un mode d'emploi sans que mes yeux ne se mettent à papilloter. Cela me conférait un pouvoir précieux. J'ai toussé deux fois, pour préparer mon absence du lendemain.

Voyant que la colère paternelle s'apaisait, immédiatement remplacée par une euphorie prometteuse, à en juger par l'enthousiasme avec lequel l'auteur de mes jours s'est jeté sur ses casseroles, ma mère et Octave ont sorti le museau de leurs tanières. J'ai discrètement rendu à mon frère l'immonde figurine qui avait failli faire imploser le lave-linge. Elle représentait une sorte de fœtus extraterrestre. Il a paru soulagé de la retrouver. Je l'ai vu appliquer une bise fugace sur le front cloqué de la créature. J'ai toussé à nouveau.

– Tu es malade, ma chérie ?

Il ne me déplaisait pas que la vie redevienne prévisible.

– Peut-être. J'ai mal à la gorge.

– Demain, tu restes au lit. Je te préparerai une thermos de tisane au miel.

– Je ne sais pas trop, maman. Je ne voudrais pas prendre du retard dans mon travail.

– Pas de discussion.

Octave m'a rejointe dans ma chambre, tandis qu'un irrésistible fumet s'exhalait de la cuisine, accompagné des trilles revigorés de mes parents massacrant à l'unisson un air du répertoire. Autrefois, un mois plus tôt, cette harmonie familiale aurait suffi à mon bonheur. Maintenant, même Camus ne pouvait plus me rendre le sourire.

– Raconte, a ordonné Octave.

– Quoi, raconte ? Tu es mon psy, maintenant ?

– Je suis crevé, Alma. On passe direct à la phase 2 ?

La phase 2, c'était le moment où je m'excusais d'avoir été désagréable, et où je finissais par lui ouvrir mon cœur. Cette phase advenait inéluctablement. Il avait raison, autant gagner du temps.

– Mon prof de français est gay.

– Et ?

– Et rien. Mais Robin est choqué.

Cette information a contrarié Octave. Il aimait beaucoup Robin, depuis leur concours dans la douche, mais n'avait jamais osé me demander quand il comptait revenir nous voir. Il a ressorti la figurine monstrueuse de sa poche.

– Tu sais qu'on n'est pas passé loin de la catastrophe, à cause de ton alien ?

– Quel alien ? C'est Gandhi. Il me porte bonheur.

Nous avons réfléchi quelques instants. Gandhi, la non-violence, Faroudja. Le monde avait-il progressé depuis l'assassinat du vieux Mahatma ?

– Octave, est-ce que tu penses que je peux faire ma vie avec un garçon comme Robin ?

– Qu'est-ce que tu entends par « faire ta vie » ?

– Réponds.

Il a rangé Gandhi et attrapé son skate, avant de le laisser tomber au sol, dans un fracas comparable à l'écroulement inopiné d'une armoire normande. Cela l'aidait à se concentrer, j'imagine.

– Vous vous êtes disputés ?

– Pas vraiment, mais sa famille a une très mauvaise influence sur lui.

Il a acquiescé gravement. Faute de confidente et de parents responsables, je devais m'épancher auprès d'un Martien de onze ans. Il s'est figé brusquement.

– Qu'est-ce qui t'arrive ?

– J'ai trouvé. C'est évident. J'aurais dû y penser plus tôt.

Une onde d'optimisme m'a traversée. Il était arrivé plusieurs fois qu'Octave me propose une solution inattendue. Une voie inexplorée. Un expédient d'autant plus efficace qu'aucun autre cerveau n'aurait pu le concevoir. C'est le propre des intelligences extraterrestres.

– Je t'écoute ?

– Des lasagnes. Papa prépare des lasagnes. Je n'arrivais pas à identifier le parfum mais c'est parce qu'il a forcé sur le basilic.

– Et pour Robin ?

– J'ai bien peur que ce ne soit mal engagé. Je te laisse.

Mais avant de disparaître, il a levé un doigt pour signifier qu'il avait failli oublier de me communiquer une info de première importance.

– Par contre, bonne nouvelle, j'ai acheté le jeu.

– Le jeu ?

– Le jeu vidéo, pour l'opération Barnabé-Ludivine. C'est programmé. On y va mercredi prochain.

Je me suis rembrunie. J'étais beaucoup moins motivée, tout à coup. Puis j'ai remarqué qu'Octave se balançait d'un pied sur l'autre, signe qu'il avait quelque chose à se reprocher. Je me suis concentrée et j'ai compris. Il avait dit : « On y va. »

– Comment ça, « on » ? Tu y vas.

– Alors justement, j'ai réfléchi. Il vaut mieux que tu m'accompagnes. Tu pourras fouiller l'ordinateur pendant que j'occuperai Barnabé.

– Tu plaisantes ? Et Ludivine ? Et leurs parents ? Ils vont m'apporter du thé pendant que je lirai les mails ?

– Ludivine fait de la danse et leurs parents travaillent. Je me suis renseigné. Tu n'auras qu'à trouver une astuce.

J'étais trop lasse pour protester. On verrait bien. J'allais me retirer dans mes appartements, mais Octave continuait de se dandiner.

– Quoi, encore ?

– C'est le jeu de skate. Il est un peu plus cher que prévu.

– Quoi ? Il coûte combien ?

– À peu près le double de ce que je t'ai dit. Ils viennent de sortir une version Master Class. Évidemment, Barnabé, il a dit oui direct. Mais tu pourras me rembourser en plusieurs fois. Je te fais crédit.

Sans attendre ma réponse, il a dévalé les marches, dans l'espoir de trouver une casserole à lécher. Je me sentais presque aussi seule que l'autre soir, chez ma grand-mère. J'ai éteint mon téléphone, je me suis couchée. Quand Octave est monté me chercher, j'ai annoncé que j'étais officiellement souffrante. Il a mangé ma part de lasagnes, et je me suis réveillée douze heures plus tard.

Un rayon de soleil a couru le long de ma couette, jusqu'à un petit mot laissé par ma mère sur la table de nuit : « J'ai prévenu ton lycée. La tisane est prête. Repose-toi. »

Une journée neuve, inentamée, pas encore abîmée. Un jour sans projet encombrant, sans attente, sans intention. De la durée pure. Exactement ce qu'il me fallait. Je me suis rendormie.

Plus tard, j'ai hésité à allumer mon téléphone. Mes voix intérieures ont commencé à me faire des reproches. Par exemple, je n'avais pas rêvé de Faroudja. À l'heure qu'il était, peut-être des policiers frappaient-ils à sa porte. Avait-elle des enfants ? Pourquoi fuyait-elle l'Algérie ? La lumière dorée abolissait toute possibilité de violence. L'être humain n'avait pourtant pas besoin de grand-chose. Un lit et un soleil. J'ai fini par consulter mes messages.

C'était positif. Neuf SMS de Robin. Un éventail de sentiments bousculés, des mots chaotiques, des questions, des excuses pour son « comportement idiot » et ses « préjugés ». Je n'étais pas seulement douée en plomberie. Quelques heures de sommeil me suffisaient pour remettre un garçon sur la bonne voie. Afin de ne pas altérer les vertus thérapeutiques de mon silence, j'ai répondu en trois mots: «Je suis malade.»

Il m'en a offert deux: «J'arrive.»

Je n'avais pas prévu ça.

Mon Moi timoré a tenté d'imposer sa loi. C'était impossible. Tout simplement. Pourquoi? a demandé mon Moi intrépide. Mais parce que.

Parce que l'idée de me trouver seule avec lui dans cette maison lumineuse, au creux de cette journée vide, de ce lit tiède, me mettait dans un état indescriptible.

Octave n'était pas là pour veiller sur ma vertu.

Certes, quand l'infirmière du lycée avait animé une «séance d'information sur la contraception», j'avais été presque aussi douée que Jade pour enfiler des préservatifs sur des sexes masculins en bois. Mais l'idée de le faire pour de vrai. Non. Pourquoi? Parce que. L'image du lave-linge s'est imposée sans raison et j'ai eu du mal à la chasser. Il fallait répondre à Robin que c'était impossible. Tout de suite.

J'ai attrapé mon téléphone.

J'ai inspiré profondément.

Je l'ai éteint.

Aussitôt, je me suis sentie parfaitement détendue. L'ourson palimpseste me souriait toujours sur le mur. Tout allait bien. Tout irait bien. Dans un moment,

Robin serait là. Nous ferions peut-être l'amour. Et faire l'amour n'avait rien à voir avec la plomberie.

J'ai sûrement dormi encore. La sonnette m'a réveillée, je suis allée ouvrir en pyjama. Je ne porte pas de nuisette affriolante mais un vieux pyjama en pilou vert. Ma grand-mère me l'a offert pour mes dix ans et quand je me suis retrouvée devant Robin, dans le vestibule, j'ai compris qu'il était devenu beaucoup trop petit pour moi.

Il a cligné des yeux et je l'ai embrassé. Il était tout frais. Par comparaison, je paraissais vraiment fiévreuse. De toute façon, la température est montée tout de suite.

Je l'ai entraîné dans l'escalier, vers ma chambre. C'était facile. Il m'a dit : « Je suis venu en bus. Coup de bol, il est passé devant le lycée juste au moment où j'en sortais. »

Je l'ai embrassé encore, mais mes pensées continuaient. Je leur en voulais presque. J'avais toujours été persuadée que juste avant de faire l'amour on bénéficiait d'une IPP (Interruption Psychique Provisoire). Octave a forgé ce concept en m'observant au cours des repas de famille, quand la conversation ne m'intéresse pas. Chez moi, apparemment, c'était le contraire. Non seulement des idées se formaient, mais elles aiguisaient mes sensations au lieu de les atténuer.

Par exemple, j'ai perçu avec une intensité surnaturelle le contact du bois sur ma peau lorsque j'ai repoussé la porte de ma chambre avec mon pied. Et le froissement du coton sur mes seins, sur lesquels Robin avait posé ses mains. Mais, au même moment, je me suis rappelé presque mot pour mot mes conversations avec M. Sudre. Surtout celle sur la neige marron. C'était affreux, cette histoire de neige marron. Et là, j'ai eu la certitude qu'il voulait me dire autre chose. Pas seulement m'offrir une énigme aux allures de proverbe Jedi, comme il en circule tous les jours sur Internet. Non, il voulait me révéler un secret, et il n'avait pas osé. Alors cette histoire de neige marron lui était passée par la tête. Les mains de Robin, maintenant, disparaissaient sous le pilou. Je me demande si les vieux pyjamas ne sont pas plus glamour que les nuisettes, finalement. Lui n'avait même pas encore enlevé son manteau. Il était toujours déguisé en joli bourgeois, beau comme une gravure de blog. Je me suis faufilée à mon tour sous ses vêtements, cherchant les interstices, dégageant les passages, jusqu'à trouver sa peau brûlante. Son manteau est tombé en tas sur le sol et j'ai eu du mal à refouler la certitude que sa mère aurait été furieuse de voir traiter ainsi cet article coûteux. Mes explorations avaient l'air de plaire beaucoup à Robin, il a levé la tête vers le plafond et j'ai embrassé sa pomme d'Adam. Elle avait le volume d'une boule de glace tiède. Des vibrations y circulaient, peut-être des mots, peut-être ses pensées jaillissant comme les miennes. Yeux fermés, j'ai tenté de les capter. J'ai failli avoir un fou rire en imaginant M. Sudre en train de grignoter la pomme d'Adam du grand blond. Mais je me suis ressaisie. J'imaginais qu'on n'avait pas le droit de rire en faisant l'amour. Parce que là, clairement, j'étais en train de faire l'amour. La chemise de Robin avait rejoint son manteau. Je l'avais déboutonnée sans m'en apercevoir. C'était la deuxième fois qu'il était torse nu dans ma chambre. J'ai eu la confirmation d'un fait que je soupçonnais depuis longtemps : j'adorais déboutonner les chemises de garçon. Maintenant, ses doigts parcouraient mes omoplates. Là, en revanche, je n'aurais jamais deviné que cette zone puisse être aussi sensible. Les informations d'Octave étaient largement incomplètes sur le sujet, malgré les manuels d'éducation sexuelle qu'il téléchargeait à mon intention. Ma notice d'utilisation personnelle restait à écrire.

Une étrange plainte, rauque et sourde, m'a fait sursauter. Elle venait de ma propre gorge. Robin a eu du mal à ôter le haut de mon pyjama, parce qu'en me couchant, la veille, j'avais gardé mes boucles d'oreilles. Le tissu s'est accroché dans le métal et je suis restée un long moment la tête enfouie dans le pilou pelucheux. J'ai ouvert les yeux et je l'ai laissé se débrouiller. C'était la vie à l'envers, visage couvert et poitrine nue, la figure de Robin en gros plan, à travers le vert pomme de l'étoffe. Il était perplexe et l'image de papa devant le lave-linge a failli s'imposer de nouveau. J'ai fini par l'aider et ai pris soin de jeter mon haut de pyjama sur le tas que formaient son manteau et sa chemise. C'était joli. Je l'ai embrassé de nouveau pour ralentir notre déshabillage. Le mot « amant » s'est inscrit sur le nouveau document que venait d'ouvrir mon cerveau. En grosses lettres mauves, comme l'introduction ratée de Jade, le jour où elle m'avait larguée. Robin était-il déjà mon amant ? Je me suis demandé quand et comment il comptait retirer ses chaussures. Un coup d'œil vers le sol m'a appris qu'elles étaient soigneusement lacées, compliquées. Mes orteils en frôlaient le cuir. Ce serait un moment forcément gênant, désagréable. Je ne souhaitais pas le vivre. Qu'est-ce que je ferais pendant ce temps-là ? Le mieux était peut-être de m'agenouiller sur le lit, les mains croisées sur ma poitrine, les yeux fixés sur l'ourson. Je n'aimais pas trop voir les gens enlever leurs chaussettes. Les pieds étaient soulagés comme des cosmonautes ôtant leur casque. Je craignais aussi qu'il ne s'efforce de combler le silence par d'autres phrases sur son bus, ou sur son scooter, ou qu'il n'aille trop vite et ne révèle sa nervosité. Dans les films, les scènes intimes que nous avions attentivement décortiquées, avec Octave, passaient ces broutilles triviales.

C'était exactement comme quand M. Sudre m'avait présenté son compagnon, en pleine manif. Non, ce n'était pas exactement la même chose. Mais c'était pareillement contrariant. La vie est brouillonne. Désordonnée. Depuis la dernière visite de Robin, d'ailleurs, la pagaille avait commencé de reprendre ses droits chez nous. J'ai soupiré, ouvert les yeux et découvert les chaussures de Robin jetées en vrac sur le sol, ses chaussettes en boules à côté de son pantalon. L'ellipse s'était faite toute seule. Il ne portait plus que son caleçon. En fait, les films avaient raison. L'amour abolit l'accessoire.

J'ai posé mes deux mains à plat sur son nombril et les ai fait descendre doucement. Ma mère a ouvert la porte de ma chambre.

– Mais pourquoi tu as coupé ton téléphone ? J'étais morte d'inquiétude.

Elle tenait son sac à main comme un chaton rescapé de la noyade et sentait l'air frais de la rue. Je me suis demandé depuis combien de temps elle ne m'avait pas vue aussi peu habillée. Cela devait remonter à l'époque où elle nous accompagnait à la piscine, Jade et moi. Je ne sais pas comment ni pourquoi, mais Robin a fait claquer l'élastique de son caleçon.

– Justement, a-t-il dit. Ça tombe bien. J'avais un bus à prendre.

À la faveur d'une nouvelle ellipse, il s'est rhabillé et a disparu. J'ai retrouvé ma mère dans la buanderie.

– Ton père a laissé le linge toute la nuit dans la machine. Je vais l'étendre, sinon il sentira le moisi. J'ai bien fait de repasser, finalement.

– Maman ?

– Je suis désolée.

– Non, c'est moi, j'aurais dû…

Elle m'a prise doucement dans ses bras. Un vieux tee-shirt d'Octave, qu'elle n'avait pas lâché, m'a mouillé l'oreille.

– Tu comprends, je croyais que tu étais vraiment malade. Je me suis inquiétée. Je ne pouvais pas deviner que c'était une mise en scène.

Il n'y avait pas de reproche dans sa voix. Plutôt une sorte d'admiration émue.

– Ce n'était pas une mise en scène, maman. On n'avait rien prévu.

– Alors je suis encore plus désolée.

– Jure-moi de ne rien dire à papa. Ni à Octave.

– Je le jure.

Ensuite, nous avons étendu le linge ensemble, sans

parler. Les vêtements, vides de corps, composaient sur le séchoir un ballet immobile. Nous étions une famille. Personne ne voulait nous expulser.

– Je retourne au boulot, a enfin dit ma mère. Ton père va s'inquiéter. Qu'est-ce que tu comptes faire ?

– Profiter du soleil.

– Ah bon ? Tu sors, finalement ?

– Non. Je me recouche.

Et, jusqu'à la fin du jour, j'ai savouré des rêves vert pomme.

12
Une espèce d'ange

Le mercredi est arrivé trop vite. Plus je multipliais les excuses pour annuler notre expédition chez Ludivine, plus son comportement me paraissait suspect. Je mesurais à quel point je l'avais instinctivement tenue à l'écart, jusqu'à présent. Elle m'apparaissait désormais comme une présence maléfique, une ombre au tableau, toujours dans l'angle mort, derrière les portes, jamais assez loin pour ne pas espionner. À plusieurs reprises, elle s'est entretenue avec Jade et, bien sûr, il me semblait qu'elles me jetaient des coups d'œil à la dérobée. Je lui en voulais du rôle sordide qu'elle me faisait jouer, celui de la fille paranoïaque, obnubilée, ridicule. Tout le contraire de moi. Moi qui tentais de prendre mon envol vers l'azur éthéré de l'âge adulte, moi qui faisais presque l'amour, moi qui m'engageais dans la lutte contre les forces du Mal, j'étais tirée en arrière, rattrapée par la médiocrité, la hideur des intrigues de collège.

Et je ne pouvais surtout pas compter sur mon amant pour m'aider. Pas question de salir notre histoire. Raison de plus pour en finir au plus vite. À cause de Ludivine, je devais lui paraître distante, distraite, moins amoureuse. Quand il s'inquiétait trop, j'imputais ma tristesse à la méchanceté de sa mère, ce qui n'était pas complètement inexact.

La nuit, surtout, l'angoisse me réveillait. J'étais persuadée que j'allais découvrir dans le disque dur de celle qu'il me fallait maintenant considérer comme ma pire ennemie le plus terrible des secrets. Et si tout était vrai ? Si j'avais vraiment, sans m'en rendre compte, commis quelque abomination ? D'après Octave, il existait des précédents : Œdipe, par exemple, qui, tout de même, avait tué son père et fait quatre enfants à sa mère, avant de mesurer l'étendue de sa bourde. Mais comment aurais-je pu accomplir à mon insu des forfaits assez affreux pour faire fuir Jade ? Il y avait aussi l'exemple d'Ève, la malheureuse. Elle n'avait pas imaginé que croquer une pauvre pomme pouvait être si grave. Je commençais à comprendre assez bien l'idée de paradis perdu. Mais à quel fruit défendu avais-je bien pu goûter ?

Nous nous sommes donc présentés le mercredi,

en début d'après-midi, devant la porte de Ludivine. Elle vivait dans un pavillon beige, entouré d'un jardin tristement entretenu, où des fleurs sans couleur paraissaient s'ennuyer. Barnabé nous a ouvert tout de suite. Octave et lui ont exécuté une rapide série de gestes rituels, tribaux, pour se saluer. Octave m'a lancé un regard gêné, tandis que je faisais mine d'admirer les parterres.

– Ta sœur est là ? s'est enquis Barnabé, consterné, comme si j'évoluais derrière un écran de verre.

– Ben oui, elle vient voir Ludivine, a lancé mon frère, avec un sourire exagéré.

Je l'ai bombardé du regard, mais il m'a gratifiée d'une petite grimace qui se voulait rassurante.

– Mais je t'ai dit qu'elle faisait de la danse ! a gémi Barnabé, désespéré.

J'ai mieux compris son affliction après avoir jeté un coup d'œil, par-dessus son épaule, dans les profondeurs de la maison. La porte d'entrée donnait directement sur le salon. Barnabé avait soigneusement préparé la séance de skate virtuel. Près du canapé, deux tables basses croulaient sous les paquets de bonbons industriels, les boîtes de biscuits toxiques, les bouteilles de soda synthétique. Une enceinte diffusait des pulsations électroniques et l'écran plasma jetait des lueurs sataniques sur les chatons brodés accrochés aux murs. Je n'avais pas ma place dans cet univers douillettement masculin.

– Ah mais oui, c'est vrai, que je suis bête ! a modulé Octave avec un clin d'œil à mon intention.

C'est ce clin d'œil qui m'a glacé les sangs. Aucun espoir n'était permis. Il avait un plan. Et ce plan était sans doute tellement pitoyable qu'il n'avait pas osé m'en informer au préalable.

Je n'ai pas été déçue. Il a repris la parole.

– Alma va repartir, du coup. Mais avant, il faudrait qu'elle puisse accéder aux toilettes, elle est un peu malade.

Nouveau clin d'œil, adressé, cette fois, à Barnabé.

– Et nous, on attaque tout de suite le jeu, a conclu Octave.

Barnabé m'a examinée avec une méfiance dégoûtée puis il s'est effacé pour me laisser passer, redoutant visiblement la contamination. Je lui ai offert un sourire plein de grâce et de vivacité, puis j'ai pénétré dans la zone des opérations. Il n'y avait plus à hésiter, je réglerais mes comptes plus tard. Les deux garçons se sont jetés sur le sofa en poussant des exclamations. Je me suis glissée dans un couloir mal éclairé. La première porte donnait sur la chambre des parents, la deuxième, sur celle de Ludivine.

Je m'étais attendue à d'insurmontables difficultés,

à des imprévus, à des dangers. Mon expérience, en matière de cambriolage, d'espionnage, d'effraction était purement livresque ou cinématographique. Dans la plupart des cas, l'expédition tournait mal. Une pile de livres s'écroulait sur la queue d'un chat, le plancher craquait, l'ordinateur était verrouillé par un code.

Mais je me suis découvert une vocation, ou une protection céleste. Aucun danger, côté livres. Ludivine en possédait cinq. Pas de chat dans les parages, la moquette épaisse a amorti mes pas et l'ordinateur portable était allumé. Dès que je l'ai frôlé, un paysage marin est apparu sur l'écran, constellé d'icônes. J'ai cliqué sur la messagerie.

C'est alors qu'un douloureux sentiment de culpabilité m'a serré le ventre, au point que j'ai failli être vraiment malade. Je n'avais pas encore examiné le fait que j'allais violer l'intimité de Ludivine, m'introduire dans ses secrets, sur la base de soupçons qui tenaient du délire. Mieux valait abandonner. Des vrombissements et des chocs archiréalistes me parvenaient du salon, entrecoupés de cris. L'un de mes Moi a trouvé le temps de se demander en quoi pouvait bien consister un jeu de skate. Celui qui m'accablait déjà de remords a voulu revenir à la charge, mais il a été réduit au silence par la voix résolue d'un troisième. Un Moi nouveau, actif, intrépide. Il s'était encore peu exprimé au cours de ma vie, mais il commençait à prendre un ascendant indéniable sur les autres. Il a souligné à quel point la décision de Jade avait été injuste et pénible. Il a rappelé que le comportement de Ludivine à mon égard était, depuis quelque temps, ambigu, voire suspect. Puis il a fait observer qu'on n'allait pas rester planté là jusqu'à ce qu'elle revienne de la danse, ce qui allait finir par ne plus tarder. J'ai attrapé l'ordi et j'ai filé m'enfermer dans les toilettes.

De toute façon, a expliqué mon Moi aventurier, il ne s'agit pas de lire toute la correspondance de Ludivine. Contente-toi de lancer une recherche sur ton prénom.

J'ai obéi. Le mot « Alma » apparaissait dans six messages. Tous adressés à Jade ou rédigés par elle.

Il n'était plus possible de reculer.

Dès la lecture du premier, j'ai cru que mon cœur se désintégrait, tel un aérolithe imprudent, impitoyablement consumé par sa propre course vers l'infini. L'image, dans ces toilettes étroites, pouvait sembler saugrenue, mais j'ai une imagination sidérale. Le mail n'était pas très long. Je m'en souviendrai toujours :

Chère Jade,

Je me permets de t'écrire au sujet d'Alma. Depuis quelque temps, j'ai l'impression qu'elle est triste, et que tu y es pour quelque chose. Je n'ai pas l'habitude de me mêler des affaires des autres. Mais quand même, c'est dommage. Il y a forcément un malentendu entre vous.

Je jure que je n'invente rien. La fille à qui je prêtais les pires intentions était une espèce d'ange. À côté d'elle, Blanche-Neige aurait eu l'air d'une peau de vache.

Et, comparée à moi, la sorcière était la fée Clochette.

Mon Moi déterminé a provisoirement fait taire mes remords, et m'a forcée à lire les cinq autres messages. La réponse de Jade était embarrassée. Elle ne fournissait pas l'explication tant désirée, mentionnant juste un « événement » qui l'avait obligée à s'éloigner de moi.

Un événement, maintenant !

Ensuite, Ludivine prenait ma défense, insistait : « **Alma ne PEUT PAS être coupable de quoi que ce soit.** » Gras, souligné, le verdict paraissait indiscutable. Assise sur sa cuvette rutilante, je prenais conscience de l'admiration qu'elle me portait : elle supposait qu'elle n'était pas « assez bien » pour moi, assez intéressante. Elle le regrettait, mais avait fini par comprendre qu'elle ne gagnerait jamais mon amitié. Bien sûr, elle avait été jalouse et envieuse de la complicité qui m'unissait à Jade, mais notre rupture la consternait.

Un ange.

Je suis sortie de ma cachette sans prendre garde au

fait que je serrais l'ordinateur dans mes bras. Je l'ai remis en place sur le bureau de Ludivine puis j'ai rejoint les deux garçons au salon. Ils avaient déjà mis à mal les paquets de sucreries, et l'une des bouteilles était vide. Octave, les yeux exorbités, les cheveux trempés de sueur, manipulait frénétiquement un joystick tandis que Barnabé, bizarrement installé la tête en bas sur le canapé, fixait l'écran géant en agitant les pieds. Je suis restée quelques instants à les observer, traversée par des ondes d'émotion trop complexes pour moi. Puis, à leur grande consternation, je me suis installée entre eux avant de porter à ma bouche une poignée de Chamallows.

– Vous m'expliquez comment ça marche ?

Octave a pointé nerveusement le joystick dans ma direction.

– Mais... Tu as fini de... d'être malade ?

– Oui. Je vais beaucoup mieux. Je me suis dit que c'était dommage de repartir. Ludivine ne va plus tarder. Et en attendant, vous allez m'apprendre. Après tout, c'est moi qui l'ai payé ce jeu, non ?

– Ah bon ? Cool ! a commenté Barnabé.

– Oui. Ma sœur est excessivement cool, a grincé Octave.

Nous avons donc attendu le retour de l'ange, tout en pilotant des zombies skateurs dans des villes dévastées. J'ai découvert que je m'en sortais plutôt bien. Les vrombissements des engins déchaînés m'ont aidée à ne pas penser. Avantage incontestable des jeux vidéo. Quand Ludivine nous a trouvés tous les trois, rouges et hirsutes au milieu du salon, elle a laissé tomber son sac de sport.

– Elle est super cool, l'a informée Barnabé.

C'est le moment qu'a choisi mon Moi le plus impitoyable pour m'accabler de reproches. Je me suis levée, ai voulu parler, mais n'ai pu émettre aucun son, minée par les remords.

– C'est vraiment sympa d'avoir gardé les petits, a dit Ludivine en souriant. Viens, on sera plus tranquilles dans ma chambre.

Je l'ai suivie, tandis qu'Octave s'étranglait muettement d'indignation.

– Ça va ? s'est inquiétée Ludivine. Tu es toute pâle.

– J'ai un peu abusé des fraises Tagada.

Le silence s'est installé tranquillement. Un bon silence, apaisant, naturel. J'ai compris que ma présence suffisait à Ludivine. Elle n'avait pas besoin de mots. Ma présence. Ce cadeau que je lui refusais depuis si longtemps. J'ai tout de même fini par bredouiller, en me raclant la gorge :

– C'est bête, on se connaît depuis longtemps et on ne prend jamais le temps de…

Elle m'a interrompue, d'un petit rire clair et triste.

– Te fatigue pas, Alma. Les sentiments ne se commandent pas.

J'ai voulu protester. Lui dire qu'en tout cas ils pouvaient évoluer à toute vitesse. Mais avant que j'aie eu le temps d'ouvrir la bouche, elle s'est mise à me raconter, avec un sourire étrange, son souvenir de notre rencontre. C'était le jour de la rentrée en CM1. Comment avais-je pu oublier cette date ? Elle connaissait déjà Jade, car elles étaient dans la même classe, l'année précédente. Les deux filles, timides et discrètes, avaient été prises pour cibles par un groupe de garçons brutaux, dès qu'elles avaient posé le pied dans la cour. Leurs mines effrayées avaient excité la hargne des petits bourreaux. Ils avaient formé un cercle autour d'elles, ameutant d'autres persécuteurs.

C'est alors que je me suis rappelé. Les images, effacées par d'autres, se sont recomposées. J'ai revu la bande criarde, entendu les cris, les gloussements. Et je me suis revue, moi, intriguée, curieuse, attirée par la bousculade.

– Dès qu'ils t'ont vue, a dit Ludivine, ils se sont tous tournés vers toi. C'était magique.

Magique, oui. J'avais franchi le cercle des tourmenteurs. Je m'étais glissée entre les deux filles et je leur avais pris la main.

– Tu nous as placées sous ta protection. Ils ne s'en sont plus jamais pris à nous, a conclu Ludivine. Tu as toujours été tellement… populaire. Avec Jade, on s'est raconté mille fois ce moment.

Elle n'a rien ajouté. Elle n'a pas dit qu'ensuite nous l'avions laissée tomber, Jade et moi. Parce que les sentiments ne se commandent pas. Et au lieu de se venger, elle m'offrait le plus précieux des souvenirs, le commencement de mon histoire avec Jade. J'ai rompu le silence qui s'installait à nouveau, un silence plus lourd, amplifié par le roulement lointain des skates électroniques.

– Tu sais, j'ai pensé… Jade, Robin et moi on fait partie d'une association…

– Oui, je sais.

Son sourire s'est accentué. Au lycée, elle ne souriait pas. Peut-être par ma faute.

– Ça te dirait de te joindre à nous ?

Elle a fermé les yeux.

– J'adorerais.

13
Fureur génocidaire

– Vous êtes occupée, Alma ?

La question pouvait paraître maladroite puisque je me trouvais dans les bras de Robin, où je passais maintenant le plus clair de mon temps perdu. Mais M. Sudre n'avait sans doute pas trouvé mieux.

Et puis, nous avions beaucoup à nous dire, Robin et moi. Nous avions à nous raconter encore et encore l'irruption de ma mère dans ma chambre, mon pyjama, le caleçon de Robin, le soleil, son retour, hagard, au lycée, nos rêves réciproques. Ces aventures faramineuses exigeaient d'être narrées sans relâche. Il fallait aussi que je lui taise soigneusement les raisons de ma toute nouvelle et fervente amitié pour Ludivine. Donc, oui, j'étais occupée.

– Pas du tout.

Nous nous sommes décollés l'un de l'autre, extirpés

du recoin tranquille où nous nous étions réfugiés. J'ai lissé machinalement mes cheveux et souri à M. Sudre.

– Je me disais que nous aurions pu parler, a-t-il suggéré, l'air faussement neutre.

C'était l'heure du déjeuner. J'ai regardé Robin. Il s'est tourné vers un groupe d'inconnus, au fond de la cour.

– Justement ! s'est-il écrié avec un enthousiasme raté, je devais voir mes potes pour une histoire de bug sur un jeu d'arcades assez retors. Je ne savais pas comment me débarrasser de toi.

À défaut d'élégance, son excuse offrait un semblant de crédibilité. Il nous a plantés là et j'ai suivi M. Sudre.

– On pourrait prendre un sandwich quelque part ? a-t-il proposé.

Nous nous sommes retrouvés au Mithridate. J'étais gênée de le voir d'aussi près. Quand il a trempé ses lèvres dans son demi, je n'ai pas osé lui dire qu'un petit nuage de mousse était resté accroché vers le bas de sa joue gauche. Tout le temps qu'a duré notre conversation, j'ai regardé se désagréger ce nuage. J'ai commandé une salade de crudités pour paraître raisonnable, mais les carottes craquaient sous mes dents, compliquant nos échanges.

– C'est idiot, a fini par admettre M. Sudre, mais

j'étais gêné de vous présenter Roger dans ces circonstances.

J'ai avalé une tranche de concombre. Que voulait-il dire exactement ? Il attendait que je réponde quelque chose mais aucun de mes Moi n'osait prendre la parole. Finalement, l'un d'eux s'est dévoué, dissimulé parmi les autres.

– J'ai pensé exactement la même chose.

Ma réponse l'a dérouté. Il a rebu de la mousse et j'ai mâché une tomate. Le patron m'a souri, derrière son bar. Je me suis demandé comment qualifier ce moment. J'hésitais entre pénible et déplaisant.

– Pourquoi ? s'est enquis M. Sudre.

– Je ne sais pas.

Il a hoché la tête. Craignait-il que je répande la nouvelle de son orientation sexuelle ? Me faisait-il moins confiance qu'à Jade ?

– J'ai senti que vous étiez perturbée, a-t-il poursuivi.

– Moi ? Pas du tout ! C'est Robin qui…

Encore mon Moi prépubère et son appareil dentaire. Celui qui aimait dénoncer Octave. Ma réaction a fait sourire M. Sudre.

– Ce n'est pas très étonnant. Les parents de Robin militent activement contre le mariage homosexuel.

J'ai ouvert de grands yeux. Mon prof avait l'air très informé. Et Robin ne me disait pas tout.

– Je l'ignorais, ai-je répondu piteusement.

Il a poussé un bref gloussement. Un vrai gloussement de poule. La mousse, sur sa joue, a tremblé.

– Ce n'est pas votre faute. Apparemment, vous avez une certaine influence sur lui. J'ai été surpris de le trouver dans une manif en faveur des sans-papiers. La puissance de l'amour n'a pas fini de me surprendre.

Ce constat l'avait mis de bonne humeur. Il a bu plusieurs gorgées de bière et je me suis détendue. J'ai osé reprendre la parole.

– Vous savez, je n'ai pas de leçons à lui donner. Il y a encore un mois, je n'aurais jamais pensé participer à ce genre de…

– Je sais.

Il m'a regardée très attentivement puis a fixé la surface de la table avec la même attention.

– C'est grâce à Jade, ai-je ajouté.

– Je sais.

J'ai senti qu'il voulait ajouter quelque chose mais que le moment n'était pas encore venu. J'ai cherché une échappatoire.

– Vous connaissez bien la situation de Faroudja ?

Il a haussé les épaules.

– Son fils a épousé une Française et a trouvé du

travail ici. Faroudja est venue en France quand ses petits-enfants sont nés. Elle ne peut plus faire renouveler son visa.

Est-ce que ma grand-mère aurait traversé la mer pour être plus près de nous si mes parents avaient dû travailler en Algérie ? Je n'en étais pas sûre.

– Vous êtes très impliqué dans l'association, monsieur Sudre ?

Il m'a fixée longuement.

– J'essaie de donner un coup de main. Ils ont de grosses difficultés financières. Pas sûr que les cours de lecture continuent très longtemps.

Je n'ai rien trouvé à répondre. Les difficultés, quelles qu'elles soient, me découragent. Je me suis dit qu'il était peut-être temps d'en venir au véritable objet de notre petit tête-à-tête.

– C'est de ça que vous vouliez me parler ? ai-je osé.

Il a froncé les sourcils, comme s'il avait oublié que je me trouvais là. Puis il s'est concentré.

– Non, je…

Je l'ai encouragé comme j'ai pu, par une suite de mimiques probablement grotesques. Comme il ne disait rien, je me suis enhardie.

– Depuis le début, j'ai l'impression que vous voulez me faire passer un message, monsieur Sudre.

– Un message ? Quel message ?

– Justement. Je ne sais pas.

Il a hoché la tête. Apparemment, j'avais vu juste mais cela l'effrayait. Il craignait peut-être d'aller trop loin.

– S'il vous plaît, monsieur Sudre, ne vous en tirez pas par une citation. Je sais bien que les livres fournissent toutes les réponses, mais...

Il a secoué vigoureusement la tête.

– Pas du tout, Alma. N'espérez pas trouver de réponses dans les livres. Cherchez-y plutôt des questions.

– Quelles questions ?

– Celles qu'on ne se pose jamais.

J'ai mâché rageusement une feuille verte, très élastique. Il s'en tirait encore par une pirouette. Quand j'ai eu fini de déglutir, je suis revenue à la charge.

– Je suis sûre que vous voulez me dire quelque chose. Mais vous n'osez pas.

Il m'a regardée très longtemps. Le patron a eu le temps d'essuyer tout un verre, de vérifier qu'il était impeccable et de recommencer.

– Vous avez raison, Alma. C'est exactement ça.

Je n'en revenais pas. J'avais tellement l'habitude de me faire des idées que l'existence attestée d'un secret me laissait sans voix.

– Ben alors ! Dites-moi.

Il a secoué doucement la tête et j'ai su que c'était fichu.

– Non. J'ai eu tort. Pardonnez-moi.

Il s'est levé, est allé régler l'addition, a quitté le café avec un petit geste d'adieu et m'a laissée seule à ma table, dans un état émotionnel où se combinaient la perplexité, la fureur, la curiosité et une pointe de soulagement.

Comme quand ma mère avait fait fuir Robin, le jour du pyjama.

J'ai laissé ma salade.

La suite de la journée a été totalement insipide. J'étais incapable de m'intéresser à quoi que ce soit. On me cachait quelque chose. Ce sadique de Sudre me spoliait d'une révélation, probablement capitale. La pièce qui manquait à ma vie. La clé de serrures inconnues. Les questions qu'on ne se pose jamais. Qu'avait-il voulu dire ? J'ai scruté le visage des autres. Certains savaient, forcément. Même Robin était suspect. Ne m'avait-il pas caché l'activisme réactionnaire de ses parents ? Que dissimulait-il encore ? Pouvais-je lui faire confiance ? Je l'ai quitté presque froidement, après les cours, sans lui raconter mon entrevue avec M. Sudre. Sa frustration soulageait la mienne.

En revanche, j'ai fait un bon bout de chemin en compagnie de Ludivine. Depuis que sa nature d'ange m'avait été révélée, j'essayais par tous les moyens de réparer mes torts envers elle. L'exploration de son courrier, sans résoudre l'énigme de Jade, m'avait beaucoup appris sur moi. Je savais maintenant que j'étais capable de causer involontairement des souffrances. C'était peut-être ce qui s'était produit avec Jade, mais quand ? Comment ? Quel était ce terrible événement qui avait tout déclenché ? Je m'efforçais de ne pas trop ruminer la question. La vie livrait les réponses à son rythme. Ludivine méritait mon attention pleine et entière. L'amitié flottait déjà entre nous. Et cette amitié-là, au moins, j'en connaissais les commencements.

Quand je suis arrivée à la maison, il ne m'a pas fallu une seconde pour comprendre que ma mère m'avait trahie. Elle avait fini par raconter qu'elle nous avait surpris, Robin et moi, dans ma chambre. Je l'ai compris à la façon dont mon père m'a demandé si j'étais guérie, depuis l'autre jour. Pendant une seconde, le parricide ne m'a plus semblé un crime si détestable.

– Et toi ? ai-je demandé.

Je ne sais pas ce que j'insinuais exactement, mais il a remballé son sourire. Je possède donc un Moi terrifiant. Bon à savoir.

Octave m'a suivie dans ma chambre. Il serait sûrement plus coriace.

– C'est fourbe, a-t-il observé, se livrer en cachette à… ce genre de turpitudes.

– Écoute, on n'avait rien planifié. Et recrache ce dictionnaire !

Je me suis écroulée sur mon lit. Tout me faisait horreur. L'ourson sur le mur m'évoquait maintenant un survivant solitaire de Tchernobyl.

– Mais pourquoi je me justifie ! ai-je geint. C'est quand même dingue de ne pas pouvoir faire un câlin à son copain sans avoir ses parents et son frère sur le dos !

– Mamie voudrait être sûre que tu t'es bien protégée.

J'ai sorti la tête de mon oreiller.

– Pardon ?

– Dans un feuilleton que nous regardons, l'héroïne, Linda, se retrouve enceinte à seize ans. C'est beaucoup plus fréquent que tu ne l'imagines.

– Tu as tout balancé à mamie ?

Mon reproche ne l'a pas du tout gêné.

– Il faut bien. Tu ne lui racontes rien. Heureusement qu'elle m'a.

C'est alors que s'est produit ce léger basculement qui précipite les âmes les plus bénignes dans la fureur génocidaire. Fait divers : une jeune fille rieuse et plutôt bonne élève éviscère sa famille à l'aide d'une clé à molette.

– Mamie est une vieille égoïste.

Octave a sursauté. Je l'avais touché en plein cœur.

– Pardon ?

– Pendant que vous vous gavez de feuilletons ringards, on exile une autre grand-mère. Elle se bat pour le droit de voir ses petits-enfants. C'est ignoble.

Il tremblait. Je ne l'avais jamais vu dans cet état. Son désarroi gâchait complètement ma vengeance.

– Tu te rends compte qu'elle va bientôt mourir ? a-t-il demandé, avec une patience désespérée, comme s'il s'efforçait d'inculquer la pitié à un requin.

– On va tous bientôt mourir, mon pote. Lis Verlaine, tu verras.

Il est sorti de ma chambre sans un mot. Plus tard, ma mère est montée me voir.

– Octave ne veut pas manger. Que s'est-il passé ?

Elle était enfin inquiète. Vraiment. J'ai retrouvé goût à l'existence.

– Tu m'avais promis de ne rien leur dire.

– Ce n'est pas de ma faute, je te jure. Ils ont deviné dès que j'ai raconté que j'avais trouvé Robin en caleçon dans ta chambre.

– Laisse-moi.

Elle est partie à son tour, sans insister. La nuit a été longue et misérable.

14
Charité désordonnée

Les jours suivants n'ont rien arrangé. Octave est capable de bouder longtemps, nos parents pas du tout. Il leur manque l'élémentaire aptitude à la mauvaise humeur.

Au lieu de s'intéresser au conflit ravageant leur progéniture, ils continuaient de siffloter, de siroter, de fricoter, profitant même de notre silence à table pour orner leurs anecdotes de descriptions sans intérêt, y enchâsser des épisodes absurdes et ne nous poser aucune question. J'ai presque envisagé de mettre en panne un appareil électroménager pour attirer sur moi l'attention de mon père. Il est des jours où le bonheur devient pesant.

J'ai raconté à Robin mon entrevue avec M. Sudre. Il n'a formé aucune hypothèse. À vrai dire, ce mystère ne l'intéressait pas beaucoup. Il préférait visiblement chercher un moyen d'être à nouveau seul avec moi dans ma chambre ou ailleurs, accréditant la théorie d'Octave selon laquelle les garçons sont tous les mêmes. Une fois de plus, j'ai regretté l'époque où Jade m'aidait à vivre.

J'avais l'impression, pourtant, qu'un rien aurait pu nous rapprocher. Un regard, un sourire échangé abolissaient parfois l'espace entre nous. J'avais l'illusion qu'il suffirait de sonner chez elle, de lui parler. Mais elle passait ses récréations à téléphoner. Elle quittait le lycée en vitesse, le visage grave, disparaissait tout le temps. M. Sudre, une ou deux fois, m'avait adressé un petit clin d'œil compréhensif et encourageant. Mais j'étais seule avec mes sales pensées.

Quand nous sommes retournés au local de l'association, pour la séance d'alphabétisation, Ludivine est venue avec nous. Je ne m'étais toujours pas renseignée sur les démarches relatives à l'admission d'un nouveau membre. Robin et moi ne faisions pas officiellement partie de l'association. Ce n'était pas pour me déplaire, un monde sans protocole, juste régi par l'envie d'être ensemble. D'ailleurs, Ludivine a été très bien accueillie. J'ai perçu une lueur de surprise dans l'œil de Jade, mais elle n'a prononcé que des paroles de bienvenue.

Tout le monde parlait de Faroudja. Plusieurs membres du comité s'efforçaient de trouver une solution administrative à ses problèmes, mais les tracasseries se multipliaient. Marie-France est montée sur une table et a fait signe qu'elle voulait prendre la parole.

– Une danse du ventre ! a braillé Touati, mais ça n'a fait rire personne.

– Vous le savez tous plus ou moins, a commencé Marie-France, la situation de l'association n'est pas très bonne. Nous manquons d'argent. D'ici peu, faute de pouvoir payer le loyer, il faudra rendre cet appartement.

Je me suis dit que l'on pourrait toujours organiser les cours chez moi ou chez grand-mère. J'imaginais mes parents circulant parmi les tables, portant des plateaux de friandises. Il n'était même pas certain que cela altère leur joie de vivre. Comme si elle m'avait entendue, Marie-France a souligné que les locaux n'étaient pas le principal problème. Il fallait de l'argent pour poursuivre l'action, pour payer des avocats, pour soutenir des familles. Elle a parlé d'une fille de mon âge qui s'apprêtait à passer son bac, mais que les autorités voulaient renvoyer au Bénin où elle ne pourrait pas continuer ses études. Elle a décliné d'autres cas, d'autres noms, et tout le monde hochait la tête gravement. Il m'a semblé que, contrairement à moi, Ludivine avait déjà réfléchi à ces questions.

– Voilà pourquoi nous allons essayer de récolter des fonds. Il va falloir trouver des volontaires pour parler aux gens dans la rue. Nous allons faire imprimer des prospectus. Ce ne sera pas facile. Tout le monde est beaucoup sollicité. La crise a cogné très fort. À l'approche des fêtes, toutes les associations font appel à la générosité individuelle. Essayons de rallier les jeunes. Soyons convaincants !

Là, elle s'est tournée vers Robin et moi. Je nous voyais mal, abordant les autres à la sortie du lycée, interrompant leurs conversations bruyantes, leurs rires, pour les persuader de soutenir une cause sans intérêt pour eux. Je me suis redressée.

– Pas de problème. On s'en occupe.

– Ouais ! a lancé Ludivine. On va faire des crêpes !

Comme Robin la considérait d'un œil perplexe, elle a expliqué que sa mère était bretonne et qu'en Bretagne, dès qu'il fallait trouver de l'argent, on faisait des crêpes.

– C'est bon, les crêpes, a estimé Biha, mais c'est lourd. Je préfère les makrouds.

J'ai vu s'allumer des sourires sur tous les visages. De vrais sourires, larges, sans moquerie. Princesse a bousculé Touati et a serré Ludivine contre ses seins énormes.

– Bravo, les jeunes ! On compte sur vous.

J'ai levé les yeux vers Robin. Il ne souriait pas, lui, mais ses mâchoires serrées révélaient qu'il avait pris une décision.

– Les crêpes, c'est bien, mais on ira plus vite si on

arrive à faire payer des riches. Et il se trouve que j'en connais. Tu viens, Alma ?

J'ai hésité. Je ne pouvais pas abandonner Ludivine ! Mais elle s'était lancée dans une discussion passionnée avec Biha concernant les vertus respectives de l'huile d'olive et du beurre salé. Elle m'a adressé un petit au revoir, du bout des doigts, accompagné d'un clin d'œil. Comment avais-je pu passer à côté d'une fille pareille ? Combien d'autres êtres humains fabuleux avais-je déjà négligés ? À trop admirer ses chaussures, on ne lève pas assez les yeux du sol.

Dix minutes plus tard, nous sautions dans le bus. J'avais beaucoup apprécié la façon dont Robin avait salué tout le monde, avant de me prendre par la main et de m'entraîner dans l'escalier. C'était de bon augure pour la suite de nos vies. Un jour, il débarquerait chez moi, ouvrirait mon armoire, jetterait quelques vêtements chauds dans un sac et m'emmènerait faire le tour du monde. « Mais vous rentrerez quand ? » supplierait mon père avec un regard angoissé en direction du lave-linge. « Qui sait ? » répondrait Robin en ébouriffant les cheveux d'Octave, après qu'il nous aurait vainement suppliés de l'emmener avec nous. « Prends au moins ça », dirait-il en m'offrant Gandhi. « Il te portera bonheur. » Puis, vaincu par l'émotion, il foncerait vers la cuisine.

– C'est quoi, ton plan ? ai-je demandé à Robin en me serrant contre lui sur le siège cahotant du bus.

– Mes parents ont fini par accepter de payer les réparations du scooter. Je vais leur demander de verser l'argent à l'asso. C'est sympa, les transports en commun, non ?

Je me suis écartée de lui pour voir son visage en entier, et y déceler les premiers symptômes d'une psychose galopante.

– Et tu penses y arriver ?

Il a poussé un long soupir.

– Mes parents sont catholiques. La charité, ça signifie quelque chose pour eux. On a nos chances.

La charité. Je détestais ce mot. Mes parents à moi auraient parlé de solidarité, c'est plus chic. Je les avais souvent entendus dire qu'ils ne donnaient pas d'argent aux associations. Selon eux, c'était le rôle de l'État, du service public, de lutter contre la misère. Voilà pourquoi on payait des impôts. Et, justement, ils étaient fonctionnaires des impôts. Mais n'était-ce pas l'État qui voulait chasser Faroudja ?

Nous nous sommes tus, perdus dans la contemplation de nos propres visages, dont le reflet courait sur les façades silencieuses. Depuis que Jade m'avait précipitée dans la vraie vie, d'une bourrade vigoureuse, je m'étais mise à penser. Il fallait bien le reconnaître.

Je me disais que la pensée, c'était comme le sport. Douloureux au début et de plus en plus agréable ensuite. Mon cerveau se débarrassait progressivement de sa mauvaise graisse.

Quand le bus a pénétré dans les beaux quartiers où résidait Robin, l'inquiétude m'a saisie.

– C'est vraiment une bonne idée que je t'accompagne ?

– Pourquoi ? Tu as peur ?

– Non, mais tu m'as rappelé que je crispais tes parents.

Il a pris doucement mon visage dans ses mains.

– Alma. On est deux.

J'ai envoyé un SMS à ma mère, pour prévenir que je passais la soirée chez Robin. Elle a répondu par un smiley qui clignait de l'œil. Mon Dieu ! Comme cette génération est puérile.

À l'entrée du parc, j'ai regardé les doigts de Robin pianoter sur le digicode. Je me suis rappelé que les chiffres me détestaient, et que ses parents vendaient des appareils numériques. Nous sommes passés près de l'arbre sous lequel nous nous étions réfugiés, lors de ma première visite. J'avais toujours le morceau d'écorce au fond de ma poche. Je le serrais souvent, tapissant le tissu de sciure amicale. Robin a ouvert la porte de l'hôtel particulier, nous nous sommes retrouvés dans le grand hall de marbre. Il faisait doux. Sans un mot, il a pris ma main, a déposé un baiser sur mes lèvres puis m'a entraînée vers le petit salon où sa mère, à demi allongée sur le sofa, caressait une tablette blanche.

Quand elle a fini par lever les yeux, elle n'a pas cillé.

– Bonsoir Alma.

Elle avait fini par apprendre mon prénom.

– Bonsoir madame.

– Où est papa ? a demandé Robin, dont la main triturait la mienne.

– Dans son bureau. Il travaille.

J'étais surprise par son détachement apparent. Elle parvenait sans effort à ne pas paraître indisposée par ma présence. Je me suis souvenue brusquement que j'étais fâchée avec Octave. Dès mon retour, j'y remédierais. Je me demandais comment Robin allait mener son offensive. Il a lâché ma main et s'est assis sur le sofa, tout près de sa mère. J'ai compris aussitôt. Il comptait attaquer ses adversaires l'un après l'autre. À cet instant, quelque chose a traversé son regard, une sorte de lueur. Sans parvenir à l'interpréter, j'ai compris qu'elle m'était adressée et j'ai pris une décision. J'allais me charger du père.

– Excusez-moi, pourriez-vous me dire où sont les toilettes ?

Cette ruse grossière avait fonctionné chez Ludivine. Dans l'urgence, mieux vaut bannir le raffinement.

Sa mère m'a souri chaleureusement. Comme si cette allusion aux besoins organiques élémentaires la rassurait sur mon compte. Ou tout simplement parce que j'allais la laisser tranquille avec son fils, pendant quelques minutes. Ils m'ont indiqué une direction, sans parler. Leurs gestes étaient jumeaux. J'ai tourné le dos et quitté le salon.

Il ne fallait pas que je réfléchisse au plan absurde qui s'était imposé à moi quand la lueur avait traversé les yeux de Robin. Peut-être étions-nous télépathes.

J'ai gravi l'escalier colossal. Des notes de piano me parvenaient. Des notes lentes, isolées, dont l'harmonie ne se percevait qu'après coup, à la manière d'un tableau qui ne se laisserait entrevoir que dans le souvenir. Au premier, j'ai suivi un couloir sombre. Le parquet craquait sous mes pas. J'ai longé plusieurs portes fermées, guidée par la musique, et me suis arrêtée devant le bureau du père. Il s'appelle Serge, pensais-je. Je n'avais pas peur et cela m'inquiétait.

J'ai frappé.

Le piano s'est tu. J'ai attendu. Finalement, il a ouvert la porte, brutalement. Je ne l'avais pas entendu se déplacer.

Contrairement à sa femme, il a été stupéfait de me

voir. Ses traits étaient tirés, ses cheveux en désordre. Il était plus beau que la fois précédente. J'ai repensé à sa fureur, le soir où nous avions rapporté le scooter, avec Touati. L'idée de Robin était complètement irréaliste. J'ai souri.

– Alma !

J'ai fait un pas et me suis retrouvée dans son bureau. J'ai tout de suite perçu qu'il y passait beaucoup de temps, seul. Et qu'il n'avait pas l'habitude d'y accueillir des visiteurs.

– Bonsoir monsieur.

Et maintenant ? Il a reculé de deux pas, laissant la porte entrouverte. Il portait toujours son costume de travail. Sa tenue de cadre. Il n'avait même pas retiré sa veste, sa cravate était desserrée. Il s'est dirigé vers un ordinateur portable ouvert, posé sur le gros bureau de chêne. Par la fenêtre, j'ai reconnu notre arbre. Il remuait.

– Je bossais. Des tonnes de boulot en retard. Je suis complètement sous l'eau.

Il s'est rassis dans son fauteuil.

– Je voulais vous présenter mes excuses, pour mon comportement de l'autre jour, ai-je dit sans l'avoir prémédité.

Il a souri, visiblement satisfait.

– C'est drôle, votre fils déteste qu'on s'excuse.

– Ah bon ? Il a tort. Moi j'aime bien. D'autant que vous avez mangé tous les gâteaux.

– Et taché le fauteuil.

– Exact.

Il a refermé son ordinateur, sans l'éteindre, puis m'a regardée dans les yeux.

– Nous sommes partis sur de mauvaises bases, Alma.

J'étais sortie du salon depuis plusieurs minutes. J'ignorais complètement ce qu'il allait se passer. Je ne comprenais même plus comment j'avais pu imaginer de monter dans ce bureau. Toute mon assurance a disparu. Il ne parlait plus, et me regardait sans curiosité. Par bonheur, mon Moi rationnel est venu à ma rescousse. Alma, m'a-t-il soufflé, tu as bien fait de te fier à ton intuition. Dès ta première visite, tu as remarqué que cet homme était plus compréhensif et humain que le succube partageant sa vie. Tu as compris qu'il fallait le voir seul pour obtenir quelque chose. Trouve les mots justes, la formule magique. Il faut l'émouvoir, lui représenter la violence et l'injustice dont Faroudja est victime. C'est une grand-mère. Il a forcément pitié des personnes âgées. Et puis, que représente pour lui la somme que vous voulez lui réclamer ? Vas-y, Alma. Fonce ! Pour une fois, sois simple et directe.

– Nous collectons des fonds. Pour l'association. C'est… très urgent.

Il a amorcé une grimace, comme un mélomane indisposé par une fausse note, puis elle s'est muée en sourire.

– Non seulement vous êtes mieux élevée que je ne le pensais, mais en plus vous avez de l'humour. Bravo !

Il a rouvert son ordinateur.

– J'ai vraiment beaucoup de travail, Alma. Merci pour cette petite visite rafraîchissante.

J'ai rejoint les deux autres dans le salon. La mère n'avait pratiquement pas bougé mais Robin se tenait debout.

– C'est fichu, m'a-t-il informée d'une voix vibrante de colère. Refus non négociable.

Sa mère s'est contentée de hausser les épaules, atterrée. À cet instant, mon téléphone s'est mis à jouer une vieille chanson que je n'avais pas entendue depuis longtemps. J'avais affecté cette musique à l'un de mes contacts, mais je ne me rappelais plus lequel. J'ai espéré que c'était Jade. Robin et sa mère évitaient mon regard. J'ai décroché.

– Alma ! Je te dérange ?

Il m'a fallu plusieurs secondes pour reconnaître cette voix, surgie d'un passé pourtant si proche. C'était la mère de Bérénice, la petite fille que je gardais parfois, pour gagner des chaussures. Elle ne m'avait pas contactée depuis ma rupture avec Jade.

– Écoute, je t'appelle en catastrophe...

Elle avait besoin de moi le soir même. Elle m'a fourni des explications confuses, entrecoupées par les cris enthousiastes de Bérénice. Une histoire de billets de théâtre. Je n'ai pas écouté. J'ai accepté.

– Tu me sauves la vie, Alma ! Le mieux, ce serait que je passe te prendre, on est à la bourre.

– D'accord, mais je suis chez mon copain. Ça vous dérange s'il vient avec moi ?

Cette fois, la mère de Robin m'a regardée. Et Robin m'a souri. J'avais le chic pour rétablir la communication.

– Absolument pas ! Au contraire. Donne-moi l'adresse, j'arrive.

Quand j'ai raccroché, la mère s'est levée d'un bond.

– Robin, tu ne vas pas ressortir maintenant !

– Ben si, justement. Comme je te l'expliquais, on a besoin d'argent.

Nous avons retraversé le parc. J'ai levé les yeux vers la fenêtre de Serge, au premier. La lumière y brillait toujours.

– Tu croyais vraiment qu'elle accepterait ? ai-je demandé en fourrant sa main dans ma poche.

Il a remué doucement la tête.

– J'espérais au moins qu'elle hésiterait.

Il avait probablement deviné que j'étais montée chez son père, mais je n'ai rien dit.

Nous n'avons pas attendu longtemps devant le portail. Véronique, la mère de Bérénice, a surgi bruyamment, au volant d'une Clio sans âge. Elle nous a fait signe d'une main tout en débarrassant, de l'autre, le siège passager encombré de magazines, de pochettes de CD en vrac et de bouteilles plastique vides.

Je me suis assise à côté d'elle. Robin a pris place à l'arrière, après avoir décollé discrètement une brioche à la fraise, écrasée sur la housse.

– Bonjour madame.

– Appelez-moi Véro, jeune homme. Béré va vous sauter dessus. Elle kiffe les beaux gosses.

Le bavardage ininterrompu de Véronique m'a rassérénée. Dans son monde, tout allait vite et bien. Bérénice grandissait sans cesse, apprenait des mots, c'était merveilleux. Véronique travaillait beaucoup, courait, n'avait le temps de rien. Son mari, un grand ado blond attardé, était d'une maladresse touchante, leurs aventures généraient des anecdotes irrésistibles. Elle était architecte et s'intéressait beaucoup à la transition énergétique, il vendait des vélos. Elle s'est garée en double file devant chez eux.

– Dites à Guy que je l'attends. Encore merci !

Le temps d'une bise échevelée, d'une poignée de main à Robin, Guy a couru rejoindre sa femme en enfilant sa parka, est revenu chercher les billets de théâtre, est reparti, revenu chercher son portefeuille puis la porte a claqué et nous nous sommes retrouvés tous les trois.

Comme prévu, Bérénice a kiffé Robin.

Moins d'une minute après le départ de ses parents, elle s'est nichée dans ses bras d'où elle a pris la direction des opérations : cuisson et absorption des coquillettes, partie de dominos, partie de loto, partie de *Qui est-ce ?*, partie de loto, brossage de dents, partie de loto des animaux, glace à la framboise, parce qu'on avait oublié le dessert, brossage de dents, histoire du loup sentimental, histoire de la vache qui ne voulait plus être une vache, histoire du rhinocéros multicolore, histoire de l'asticot qui désirait des bisous, interprétation, en trio, du dernier Stromae. J'ai découvert que Robin chantait plutôt bien. Vers vingt-trois heures, elle dormait, toujours dans les bras de Robin.

Et se réveillait chaque fois que nous tentions de la déverser dans son lit.

Nous avons donc fini la soirée à trois dans le canapé. Robin souriait. Nous n'avons pas parlé de Faroudja, ni d'argent, ni de l'association. J'étais presque parfaitement heureuse.

Jusqu'au moment où mes yeux se sont posés sur une photo à moitié dissimulée par une pile de factures, sur une commode.

Une photo de classe. Bérénice, aux anges, parmi ses copains. Au second plan, l'institutrice et, à côté d'elle, la mère de Jade.

Alors le passé m'est tombé dessus, sans sommation. Jade me manquait. Plus encore que si elle avait été arrachée à ma vie. Elle était là, tous les jours, faussement présente, presque amicale, épouvantablement neutre. Une effigie artificielle, un hologramme. Et je m'étais rendue complice de cette comédie, pour moins souffrir. Mais la mère de Jade, sur la photo, me regardait avec les yeux d'autrefois.

Je me suis concentrée sur son visage souriant, son visage lumineux. Puis, ses traits se sont brouillés, gondolés, déformés en un rictus sauvage. Il m'a fallu quelques instants pour comprendre que mon œil, en frôlant la photo, avait déposé sur sa figure une grosse larme ronde.

J'avais beau me persuader du contraire, la douleur ne faisait qu'empirer.

Mais cette femme aux joues roses connaissait peut-être un remède.

15
Savoir trahir

Pour une fois, j'avais un plan simple. Après le lycée, j'irais attendre la mère de Jade à la sortie de l'école maternelle. Elle travaillait tard, puisqu'elle était aussi responsable de la garderie. Je lui dirais tout. Je me suis demandé toute la journée pourquoi je n'y avais pas pensé plus tôt. Verlaine, consulté à la récréation, m'a fourni un élément de réponse que je n'ai pas réussi à décrypter. Pourtant, j'étais certaine qu'il disait juste.

« Triste à peine tant s'effacent
Ces apparences d'automne,
Toutes mes langueurs rêvassent,
Que berce l'air monotone. »

Dommage qu'on n'emploie plus le mot « langueur ». Verlaine l'adore. Je ne me rappelle plus exactement ce qu'il signifie. Un mélange de tristesse, de douceur et de grosse flemme. Tout moi. Tout ce qui m'empêche d'être simple et directe, ou de commencer par le début.

J'ai donc laissé rêvasser mes langueurs jusqu'au dernier cours. Robin a été déçu d'apprendre que nous ne passerions pas la soirée ensemble. Le baby-sitting lui avait beaucoup plu. Véro et moi l'avions raccompagné à l'hôtel particulier et regardé franchir seul le portail. La fenêtre de Serge était toujours éclairée. J'avais scrupule à l'abandonner entre les griffes de ses parents. Je savais qu'il s'était remis aux jeux en ligne et qu'il ne dormait plus beaucoup la nuit. Mais l'insomnie et la barbe de *bad boy* lui allaient bien. Je lui ai fait comprendre que je devais régler seule certains de mes problèmes. Spécialement ceux qui avaient trait à Jade. Verlaine le soulignait, dans un autre poème :

« Je ne me suis pas consolé
Bien que mon cœur s'en soit allé »

Moi non plus, je ne m'étais pas consolée. Et mon cœur se trouvait toujours prisonnier d'une énigme.

Donc, exceptionnellement, mes intentions étaient claires, mon projet bien défini, ma voie tracée. À dix-sept heures trente, j'ai embrassé Robin, gonflé mes poumons, et pris la direction de l'école maternelle. Elle n'était pas très éloignée du lycée. Le jour se diluait parmi les buées. Je me suis faufilée entre les groupes, les filles aux rires tonitruants, la fumée des cigarettes.

Beaucoup de garçons se coiffaient comme les footballeurs à la mode, tempes rasées et crête barbouillée de gel. Au cours de mes recherches sur la planète où j'habitais, j'avais appris que l'organisation de la dernière Coupe du monde de foot avait coûté la vie à des dizaines de Brésiliens, délogés, enlevés, assassinés. Nul ne s'en émouvait. Ni les adultes ni les jeunes. « Cherchez dans les livres les questions qu'on ne se pose jamais », avait dit M. Sudre.

Louvoyant entre les crachats, je gardais les yeux fixés au sol. C'est alors qu'une paire de chaussures étrangement familière s'est inscrite dans mon champ visuel.

Je me suis figée, incapable de faire un pas de plus, bizarrement angoissée à l'idée de découvrir l'identité de leur propriétaire. Non, ce n'était pas exactement cela. Je connaissais leur propriétaire, mais quelque chose m'empêchait de l'admettre. Me l'interdisait. Ces chaussures n'avaient rien à faire là, sur ce bitume sale, à une heure pareille, alors que je filais vers l'école maternelle. C'était aussi absurde que de rencontrer l'amant de mon prof de français dans une manif pour les sans-papiers. Absurde. C'est ainsi que Camus concevait l'existence. Encore un point pour lui. Finalement, mon esprit était beaucoup moins confus que le monde. J'ai relevé la tête.

– Mamie ! Qu'est-ce que tu fais là ?

Elle était minuscule dans cette foule agitée. En trois générations, l'espèce humaine avait grandi, grossi. Ma grand-mère risquait à tout moment d'être écrasée. Agrippée à son sac à main, elle se tenait bien droite sur le trottoir, insoucieuse des épaules frôlant son crâne fragile. Elle portait ses chaussures de sortie, celles qu'elle mettait déjà pour me conduire dans les musées, quand j'étais petite. Depuis combien de temps n'étais-je pas sortie avec ma grand-mère ? Depuis combien de temps l'avais-je abandonnée ?

– Je t'attendais.

Elle sentait la soupe.

J'ai attrapé son bras et l'ai entraînée à l'écart. Elle était incroyablement légère et fragile. Je me souvenais qu'elle n'était déjà plus très jeune quand mon père était né. J'aurais bien voulu calculer son âge, mais les chiffres, à leur habitude, se dérobaient. Mamie n'était pas faite pour le monde extérieur. Elle faisait corps avec sa maison, sa cuisine. Une femme au foyer. Sa présence rompait un équilibre invisible et constituait presque une menace.

Quand nous nous sommes retrouvées dans une rue plus tranquille, loin des cris et des moteurs, j'ai ralenti. Elle était déjà essoufflée et s'accrochait à moi comme Bérénice à Robin.

– Tu aurais dû me prévenir, mamie. Il s'est passé quelque chose ?

Elle m'a dévisagée en fronçant les sourcils.

– Octave m'a raconté.

Nous longions maintenant le mur de l'ancienne caserne. C'était un quartier calme et vide. Qu'est-ce qu'Octave lui avait raconté ? Mes pas me conduisaient toujours vers l'école maternelle. Octave n'avait pas sa place dans mon projet. Mamie non plus.

– Il m'a dit que tu me trouvais égoïste.

Je me suis arrêtée net et son menton a heurté mon épaule. J'étais indiscutablement plus grande qu'elle.

Impossible. Octave ne pouvait pas m'avoir trahie à ce point. Certes, je le savais capable de m'infliger des avanies carabinées. Deux fois, depuis sa naissance, il avait souhaité ma mort. Mais c'était justifié. La première fois, j'avais révélé à tous ses amis, lors du goûter d'anniversaire de ses huit ans, qu'il lui arrivait de se réfugier dans mon lit quand ses cauchemars devenaient trop agressifs. La seconde, j'avais fait comprendre à Manon Larocade qu'il était amoureux d'elle.

La lumière du jour a baissé d'un cran. Nous étions arrêtées devant une fenêtre éclairée. J'apercevais le coin d'une table et les éclats d'un vase de cristal.

– On s'était disputés. J'ai dit ça pour lui faire de la peine.

Elle a hoché la tête. Elle comprenait, mais ce n'était visiblement pas le problème. Elle a pointé le doigt vers un banc.

– Tu ne veux pas qu'on s'assoie cinq minutes ? J'ai mal aux jambes.

Nouvelle question saugrenue : depuis quand ne m'étais-je pas assise sur un banc ? Depuis le printemps dernier, avec Jade. Nous parlions de la montée des océans et de ce que nous ferions après la fin du monde. C'était fabuleux.

La question n'était peut-être pas si saugrenue. À force de collecter des renseignements sur l'aventure de l'humanité, j'étais devenue plus exigeante à l'égard de mon histoire personnelle. Il me fallait des dates, des moments, des repères.

– Je ne t'en veux pas du tout, Alma.

Elle a fouillé dans son sac, en a tiré un pain au chocolat odorant. Je me suis rappelé le journaliste, le soir de la manif. Mamie l'a reniflé puis, absorbée par ses réflexions, l'a rangé à nouveau.

– Octave était bouleversé, en effet. Il n'a pas voulu te trahir, ni me faire de la peine. Il me l'a dit pour une raison bien précise.

J'ai suivi des yeux une veine sur sa main.

– Quelle raison ?

– Parce que c'est vrai.

Elle a soutenu mon regard. J'ai résisté à l'impulsion de la serrer dans mes bras. Depuis que je sortais avec Robin, j'étais plus caressante.

– Mamie, on est tous égoïstes. Moi aussi. Je ne viens jamais te voir.

Elle a soupesé l'objection, puis l'a balayée.

– C'est vrai. Mais ton égoïsme à toi, c'est ton affaire. Seul le mien m'intéresse.

Je commençais à avoir froid.

– Tu te rends compte, a poursuivi ma grand-mère, que je suis née en 1936 ?

1936, le Front populaire, les congés payés, la naissance de mamie.

– J'ai connu ton grand-père en 1960. Ton père a vu le jour en 1967. Pour ses deux ans, je me suis offert un poste de télévision. L'homme a marché sur la Lune. Je n'ai jamais décroché depuis.

Un CV lapidaire, en effet. Mais je n'y étais pour rien. Pourquoi mamie n'avait-elle pas pris part aux grands événements de son siècle ? Pourquoi avait-elle préféré se réfugier derrière son écran ? Pourquoi n'avait-elle jamais protesté ? Jamais revendiqué ? Peut-être parce que sa meilleure copine ne lui avait pas dit ses quatre vérités. Ou parce qu'elle n'avait jamais eu de meilleure copine, à part Octave.

– Mamie, tu me rends triste.

– Tu sais pourquoi j'ai passé mon temps à regarder des histoires sentimentales, avec de beaux hommes ? de belles femmes ? des gens dans le malheur ?

Je me suis concentrée pour chercher une vraie réponse. Tous mes Moi se sont consultés. Mais ils ont donné en même temps au chat leurs langues bien pendues. Pendant ce temps, mamie a ressorti le pain au chocolat, l'a examiné mélancoliquement, avant d'y planter son dentier.

– Non, mamie. Je ne sais pas.

Elle a pris le temps de mâcher.

– Parce que j'adore ça.

Au moins, c'était honnête.

– La vie réelle est trop plate, tu comprends ? Pas assez de rebondissements, d'intrigues. En même temps, elle est inutilement compliquée. Illogique. Les méchants ne sont jamais punis.

– La vie est absurde.

– Voilà.

C'était peut-être aussi la raison pour laquelle Robin préférait les aventures virtuelles.

– Mais ça n'excuse rien. C'est exact, je suis égoïste. J'y ai pensé toute la nuit. Je suis venue te dire que tu avais raison. Et aussi de ne pas t'en faire. Octave doit s'en vouloir, il va sûrement t'en parler ce soir. Je préférais le devancer.

J'ai souri. Tout à coup, je me sentais bien. Calme. Le constat de son égoïsme semblait satisfaire mamie. Je la voyais mâchonner le mot, en silence. J'avais posé un diagnostic. Mais il n'était pas trop tard pour commencer le traitement. Je lui ai pris doucement la main.

– Ne t'inquiète pas, mamie. Je vais t'aider à t'en sortir. Pour commencer, tu vas me faire un chèque.

– Pardon ?

– Si tu n'as plus mal aux jambes, accompagne-moi. Je t'expliquerai en route.

Nous nous sommes remises en marche. Je lui ai parlé de l'association, de son besoin d'argent. Je lui ai proposé de l'y emmener, le lundi suivant. J'étais sûre qu'elle saurait aider les gens à lire. Et puis, parmi les apprenants, certains devaient avoir les mêmes goûts qu'elle, en matière de séries télévisées. Ils auraient beaucoup à se dire.

Cette idée m'enchantait. J'y voyais le moyen de renouer les liens avec elle, et d'aider concrètement l'association. Mamie avait de l'argent de côté, après tout.

J'avais pressé le pas, sans m'en rendre compte. Elle m'avait suivie de bonne grâce, et nous nous sommes retrouvées tout à coup devant l'école maternelle.

J'ai d'abord envisagé de renoncer. Je reviendrais

un autre jour. J'allais raccompagner ma grand-mère, nous dégusterions ensemble un potage onctueux et un feuilleton tiède, je ferais rouler la conversation sur les défauts d'Octave. Mais je me suis dit que la présence de mamie était peut-être un signe favorable, un clin d'œil du destin. Elle allait m'aider, pour une fois.

– Tu viens avec moi ? J'ai besoin de toi.

Un beau sourire a défroissé son visage rajeuni. On n'avait pas dû lui demander souvent son soutien.

– De quoi s'agit-il, ma chérie ?

– Je veux parler à la mère de Jade. Pour essayer de comprendre ce qui nous arrive.

Elle a hoché la tête, très concentrée, mais n'a pas posé de questions.

Par chance, les enfants étaient partis, quand nous avons poussé la porte de la garderie. La mère de Jade attaquait à l'éponge une grande table basse ravagée par les miettes et les flaques de compote. Elle était moins grande et moins maigre que dans mon souvenir, mais toujours aussi énergique. Nous avons admiré en silence sa victoire sur la saleté. Ses gestes démontraient que tout était possible, avec de la méthode et de la détermination.

Je n'ai rien dit pour ne pas l'effrayer. Nous avons attendu qu'elle nous remarque.

Erreur.

Quand elle s'est retournée et que nous lui sommes apparues, elle a lâché son seau en poussant un hurlement. De grosses gouttes brunes ont maculé les chaussures trop cirées de ma grand-mère.

Je commençais déjà à regretter mon initiative. Je n'étais peut-être pas taillée pour l'action. Mieux valait continuer à me laisser ballotter par le cours des choses. Les gouttes sur les chaussures de mamie me procuraient un sentiment d'échec absolu et cuisant. Elles m'humiliaient, ces gouttes. Je me suis mise à les haïr.

Par bonheur, la mère de Jade est passée sans transition de la stupeur à la joie. Absolument indifférente aux dégâts que j'avais causés, elle s'est précipitée vers nous pour nous serrer dans ses bras. Elle n'avait jamais rencontré mamie, mais ne s'embarrassait pas de vains protocoles. Elle filait à l'essentiel. En deux temps trois mouvements, la flaque avait disparu, la chaussure de mamie séchait sur un radiateur et nous buvions une camomille, assises toutes les trois sur des chaises minuscules autour de la table basse scintillante.

– Ça me fait vraiment plaisir de te voir, Alma !

Mamie a jeté un coup d'œil discret à sa montre. C'était sans doute l'heure de l'une de ses séries. Mais elle a pris sur elle.

J'aurais très bien pu me contenter de sourire, de

raconter ma vie, de parler de Robin. Ma présence suffisait à la mère de Jade. Elle écoutait attentivement tout ce que je lui disais. Plus rien d'autre n'avait d'importance à ses yeux, ni l'heure, ni le lieu, ni le fait que ma grand-mère m'accompagne. Elle était douée pour accueillir la vie. C'est une aptitude précieuse et rare. Ceux qui la possèdent ne trouvent sûrement pas l'existence absurde. Ils n'ont pas la prétention de croire qu'elle a un sens.

Bercée par ses sourires, j'ai failli oublier la raison de ma visite. Elle me demandait des précisions sur les parents de Robin, sur son scooter, sur M. Sudre. Grand-mère écoutait aussi, captivée. Mes petites aventures se hissaient presque, à ses yeux, à la dignité d'un feuilleton.

Et puis, sans que j'aie eu à me demander comment j'allais amener le sujet, la mère de Jade m'a pris les deux mains. J'ai sursauté parce qu'elle se trouvait de l'autre côté de la table. J'avais oublié qu'elle possédait d'aussi longs bras.

– Tu veux savoir pourquoi Jade t'a jetée comme un vieux journal ?

Je n'aurais peut-être pas tourné les choses ainsi mais, oui, en somme, c'était à peu près ça. J'ai repensé au mot « emballer » qu'elle avait employé à propos de Robin.

Elle a opiné en avançant les lèvres, les yeux fixés sur une pensée, ou un souvenir.

– J'étais sûre que tu finirais par venir me trouver. Je me demandais ce que je ferais. Mais finalement, en te voyant, je l'ai su tout de suite.

C'était étrange. M. Sudre d'abord, elle ensuite. À l'évidence, on complotait dans mon dos. On se posait des questions à mon propos. Autrefois, j'aurais adoré ça, mais là, l'angoisse est montée.

– Jade m'a fait jurer de ne rien te dire. Mais tant pis. J'assume. Il faut savoir trahir, quelquefois.

Je me suis rapetissée sur ma chaise. Je n'avais plus qu'un désir, coller des gommettes pour l'éternité, et qu'on me fiche la paix.

– Tu n'as vraiment pas deviné ?

Mais si, bien sûr, voyons, j'ai deviné depuis le début. Je suis juste venue là pour le plaisir d'emmener mamie à la maternelle.

– Jade est amoureuse de toi.

Ma grand-mère a poussé un petit cri de stupéfaction. J'avais définitivement supplanté sa télé.

La mère de Jade a continué de prononcer des mots que je n'ai pas entendus. Ses lèvres remuaient dans le silence. Mamie hochait la tête. Puis le son s'est rétabli, peu à peu.

Mais je n'ai reconstitué l'histoire que bien plus

tard, par fragments, quand je me suis retrouvée seule au creux de la nuit. Les images se sont agencées. Toutes celles que je n'avais pas voulu voir.

Les yeux de Jade, d'abord. Ses regards. Ils avaient changé sans que je m'en aperçoive. Et puis ses mots. Cela s'était fait à notre insu. Pour elle, notre amitié s'était muée en torture. « Au début, m'a dit sa mère, elle ne devinait pas. Elle passait des heures, seule dans sa chambre, à regarder des photos de toi. J'ai compris avant elle. »

Un an d'horreur. Elle a tenu un an, résisté. Tout fait pour ne rien briser. Ses sentiments l'ont fait grandir trop brutalement, l'ont arrachée à l'enfance. Et moi je continuais de la traiter comme une vieille copine, de lui parler de Robin. Jusqu'au jour des Morts.

Quand elle avait croisé M. Sudre avec Roger, dans une manif, elle s'était dit qu'il pouvait peut-être la comprendre. Elle lui avait parlé, un soir où la douleur était trop forte. Il l'avait écoutée, lui avait proposé de servir d'intermédiaire entre nous mais elle avait refusé. Lui aussi avait promis. Lui aussi avait failli la trahir mais il se l'était interdit au dernier moment.

J'aurais dû être satisfaite, ou rassurée, au moins. Il s'agissait d'une révélation majeure mais finalement flatteuse et même rassurante. Pourtant, quelque chose clochait. Jade avait dit à Touati que j'avais fait quelque chose de terrible. Or, si sa mère disait vrai, je n'avais rien à me reprocher, hormis mon aveuglement. «Tu étais vraiment la seule à ne rien voir», avait-elle ajouté en souriant mystérieusement. C'était injuste. Ludivine, par exemple, ne s'était doutée de rien. Alors ? Quel était mon crime ?

Cette question, incessamment ressassée, m'a tenue éveillée une partie de la nuit. Le temps glissait discrètement, tandis que je traversais des galaxies silencieuses, des espaces cosmiques inexplorés. Mon passé. Quand j'ai regardé ma montre, il était quatre heures du matin.

J'ai réfléchi. Très peu. Je me suis habillée, chaussée.

J'ai couru chez Jade.

16
Quelque chose de terrible et de génial

– Je m'y attendais, a dit sa mère.

Elle portait une robe de chambre molletonnée à motifs floraux. N'ayant pas osé sonner, je m'étais contentée de frapper trois coups légers. Elle avait ouvert aussitôt.

De nuit, dans le silence, l'appartement paraissait plus petit. Un fauteuil sac vert foncé se reflétait dans l'imposant vantail d'une armoire normande, téléportée d'une époque révolue. La cantonnière du rideau remuait comme si des fantômes répétaient une pièce de théâtre. Tout était propre et inutile.

– Réveille-la. Ça lui fera plaisir. Je me recouche, je travaille tôt demain.

Elle m'a souri et saluée d'un petit mouvement de ses longs doigts. Je me suis retrouvée seule avec le bourdonnement du frigo.

Depuis que j'avais pris la décision de me rendre à l'école maternelle, je n'hésitais plus. C'était peut-être une façon de tout recommencer, de passer par la case départ, de repartir du bon pied. J'ai laissé mes chaussures à l'entrée, je me suis engagée dans l'étroit couloir. Un placard mural, entrouvert, embaumait la lavande et les vacances au soleil. Mais bien sûr que tout allait recommencer ! On allait reprendre le bonheur où on l'avait laissé. Je n'allais pas m'avouer vaincue pour une simple d'histoire d'orientation sexuelle. Plus j'avançais vers sa chambre, plus je me sentais gagnée par une rancœur mordante et joyeuse. Tout ça pour ça ! Mais oui, j'allais la réveiller ! Et sans ménagement !

J'ai poussé la porte de sa chambre. Elle ne la fermait jamais complètement, à cause des monstres de son enfance, toujours vivants, vieillis et moins voraces mais encore imprévisibles. Elle dormait, profondément enfouie sous sa couette. Un avant-bras pendait, frôlant le sol.

À la lueur bleuâtre filtrée par la persienne, j'ai remarqué, au pied du lit, une photo retournée. Elle avait dû la contempler avant de s'endormir. Sa main la caressait encore.

Le cœur battant, je l'ai ramassée. J'avais beau avoir assimilé la révélation de l'après-midi, l'avoir admise en théorie, acceptée et comprise, l'existence d'une espèce de preuve matérielle me troublait. J'ignorais même quelles photos Jade possédait de moi. L'avait-elle prise en cachette ? Sûrement pas. Ce n'était pas son genre. À une époque, nous passions notre temps à nous mitrailler.

Mais cette image, elle l'avait choisie parmi toutes les autres. Elle en avait fait réaliser un tirage papier. C'était celle qu'elle regardait dans son lit. Dès que j'aurais retourné le carré de carton, je me verrais par les yeux de Jade. Et je n'étais pas sûre d'être prête.

Elle a remué brusquement, en éructant une bribe de phrase. J'ai sursauté et, presque du même mouvement, retourné l'image.

D'abord, je n'ai pas bien vu. Il faisait trop sombre. Mais un malaise m'a gagnée. Je ne me reconnaissais pas. Je ne me rappelais pas avoir posé pour elle avec cette sorte de sourire. C'était un portrait en gros plan. On devinait le haut de mes épaules, et elles étaient nues.

Je me suis approchée de la fenêtre, et j'ai placé la photo dans la maigre lumière dispensée par un réverbère, en bas, dans l'avenue. La vérité m'a sauté au visage.

La fille souriante, sur le papier brillant, n'était pas moi.

C'était Lise.

Quand mon cœur, mon corps et mon cerveau ont cessé progressivement leur cacophonie muette, j'ai essayé de réfléchir. La période au cours de laquelle je m'étais comportée en fille énergique et résolue n'avait pas été longue.

Que signifiait cette photo ?

Que Jade était attirée par Lise. Forcément ? Forcément.

Mon Moi jaloux était furieux. Je l'ai fait taire.

Lise m'avait-elle déjà remplacée dans le cœur de Jade ? Question idiote. Personne ne remplace personne. J'aimais toujours un peu Cédric, Victor, Antoine, Raphaël et Timothée. Mais ils ne me faisaient plus souffrir. Et même, je pouvais aller au ciné avec eux sans avoir les paumes moites, je pouvais recevoir des mails d'eux sans trembler, les apercevoir sans tomber en syncope. Ils étaient devenus ou redevenus des copains.

J'ai regardé à nouveau la photo. Avec un léger retard, je venais de comprendre qu'elle constituait une excellente nouvelle. La meilleure nouvelle de ma vie, peut-être. Lise allait nous sauver ! me rendre ma meilleure amie. Et mon terrible crime ? Je n'étais plus si sûre de vouloir le connaître.

J'ai reposé l'image sur le sol, en retenant mon souffle.

Je suis sortie de la chambre, j'ai renfilé mes chaussures et j'ai couru dans la nuit.

Apparemment, personne ne s'était inquiété de mon absence. J'ai réveillé Octave.

– Tu es dingue ? Tu sais l'heure qu'il est ?

– J'ai des trucs à te raconter. C'est du lourd. De l'énorme.

Je lui ai tout dit, omettant juste le fait que mamie l'avait balancé, pour ne pas susciter d'indignation hors sujet. Ensuite, j'ai attendu. À certains moments, très rares, mon frère m'épargne les commentaires sarcastiques et m'aide à trouver des solutions. J'avais besoin de son avis et je savais qu'il allait me le donner. Il frottait son nez avec la paume de sa main gauche, comme chaque fois qu'il s'apprête à avoir une bonne idée.

– Écris-lui.

– À Jade ?

– Non, au Père Noël. Il m'a dit qu'il n'avait pas encore reçu ta liste.

– Je ne veux pas d'autre cadeau que Jade.

– Justement, tu lui écris. Tu lui dis que tu as deviné.

– Qu'elle m'aimait ?

– Mais non ! Surtout pas ! C'est beaucoup trop intime ! Tu lui parles de Lise et… Oh, et puis laisse. Je vais le faire.

Il a allumé son ordinateur et tapé, de deux doigts très rapides :

Chère Jade,

Je ne sais pas comment t'en parler, alors je t'écris. Voilà. Depuis la Toussaint, j'étais dans le brouillard. Je me doutais que tu me cachais quelque chose, un secret trop lourd pour toi, pour nous.

– C'est gnangnan.

– Très bien. Débrouille-toi toute seule.

– Non, non, vas-y, tant pis.

Finalement, c'est Octave qui a compris ce que tu éprouvais pour Lise.

– Quoi ? J'hallucine.

– C'est beaucoup plus vraisemblable. Elle sait que j'ai toujours une longueur d'avance sur toi.

– Comment ça, elle le sait ?

– Tout le monde le sait. Bon, je continue, tu vas me faire perdre l'inspiration.

Je comprends que tu n'aies pas osé m'en parler. Même si j'étais ta meilleure amie. Ou peut-être à cause de ça. Et puis, j'étais tellement absorbée par Robin, tellement égocentrique, tellement…

– C'est bon. On a compris. Avance !

Tu t'es méfiée de moi. J'étais si conventionnelle, si bornée. Tu t'es dit que je ne pourrais jamais admettre tes sentiments tant que je ne m'intéresserais pas aux autres, à leurs problèmes, à leur différence. Tu m'as bousculée, obligée à quitter mon petit univers factice et mesquin...

– « Factice et mesquin » ? Retire ça tout de suite.

– Pas question. Ça sonne bien.

Donc, voilà...

– Je ne dis jamais « donc, voilà » !

– Tu le dis tout le temps.

Sache que je ne suis ni choquée, ni triste, ni contrariée que tu aimes une fille. J'espère que tu voudras bien rester mon amie quand même. Ou le redevenir. Grâce à toi, je crois que j'ai changé. On peut peut-être se parler vraiment, maintenant ?

J'ai fait la grimace mais il fallait admettre que sa lettre était plutôt vraisemblable. Je n'aurais pas fait pire. Nous avons encore ergoté un bon moment, remplacé quelques virgules par des points, pour que ce soit plus émouvant. Puis j'ai envoyé le mail.

– J'espère que tu sauras te souvenir du service que je t'ai rendu ! a menacé Octave.

J'ai fermé à demi les yeux, façon félin, et j'ai dit :

– Je n'oublie rien, mon petit frère. Absolument rien.

Il a dû percevoir une menace dans ma voix et n'a rien ajouté. De retour dans mon lit, j'ai dormi sans rêver.

Le lendemain, Jade m'attendait à l'entrée du lycée. Elle m'a interceptée avant Robin.

– J'ai eu ton message. On se voit à dix heures au foyer ?

Elle ne souriait pas mais n'avait pas non plus l'air fâchée. Plutôt rêveuse, presque distraite. J'ai consacré les deux heures suivantes à tenter de déchiffrer son visage. Aux questions muettes que me posait Robin, j'ai juste répondu : « Je t'expliquerai ce soir. » Cela n'a pas manqué de faire redoubler son inquiétude.

Quand je me suis assise en face de Jade, à la petite table du foyer, mes mains tremblaient.

– Pas mal tenté, le coup du mail, Alma.

Et, cette fois, elle a souri. À nouveau ce sourire parfait qu'elle m'avait offert quand j'avais lu du Verlaine aux apprenants. Mes joues se sont mises à cuire doucement.

– Le seul problème, c'est que ma mère était sûre que tu m'avais parlé, cette nuit. Elle n'a pas pu s'empêcher de me demander comment s'était passée ta visite. De fil en aiguille, elle m'a raconté que tu étais venue la voir à la maternelle.

À tout hasard, j'ai opté pour la délation.

– L'idée du mail vient d'Octave.

Elle a été vraiment surprise.

– C'est fou. Il est génial, ton frère !

Cette remarque m'a tellement contrariée que j'ai presque cessé d'avoir peur.

– Ah bon ?

– Mais oui ! D'abord, c'était un procédé très élégant. Pour ne pas me blesser. Et puis… tout ce qu'il a écrit était très juste.

– Y compris le petit univers factice et mesquin ?

Son sourire s'est élargi. Elle a baissé les yeux.

– Je te laisse juge.

J'ai dû me taire pendant un certain temps. Elle a posé la main sur mon avant-bras et m'a regardée dans les yeux. Elle ne souriait plus.

– Ce n'est pas le plus important, Alma. Je me sens capable de te dire la vérité, maintenant. Et la vérité, c'est que je me suis aperçue que j'étais folle de toi, il y a un an, à peu près. Je me suis réveillée un matin, et j'en ai eu la certitude. Tu as déjà réfléchi à ce que ça peut représenter, ce genre de certitude, au réveil ?

J'ai secoué négativement la tête, sans parler.

– Moi non plus, je n'y avais jamais pensé. J'avais déjà été plus ou moins amoureuse. Je le croyais, du moins. Mais pas de cette façon. Je n'avais rien vu venir, rien compris. Je ne me suis jamais sentie aussi seule de ma vie.

– Mais pourquoi tu ne m'en as pas parlé tout de suite ? On s'est toujours tout dit !

Elle s'est brutalement rembrunie, et a froncé les

sourcils. Quand elle a repris la parole, sa voix vibrait de colère.

– J'allais le faire. Je pensais te connaître assez pour te parler franchement.

J'ai avalé une grosse boule d'air froid.

– Et ?

– Rappelle-toi, on était parties se balader en ville. J'attendais juste l'occasion. Je me persuadais que tu faisais partie des êtres civilisés pour qui l'orientation sexuelle relève de la liberté la plus absolue.

– Et ?

– Et nous avons croisé ce couple. Un couple de filles. Elles se sont embrassées au moment où elles arrivaient à notre hauteur.

J'ai rougi. Je n'avais aucun souvenir de ce moment. Mais je redoutais la suite.

– J'ai cru que ce baiser était un signe du destin. Je me suis tournée vers toi. Et tu as fait cette tête…

Elle m'a imitée : yeux écarquillés, sourcils au ciel, bouche tordue en un rictus de stupeur mêlé d'hilarité contenue. Figure de parfaite idiote. De sale gamine. Puis elle a poussé une sorte de hennissement hystérique que j'ai reconnu sans hésiter. C'était mon rire. Parfaitement imité.

Quelque chose de terrible.

J'ai voulu dire que j'avais réagi de cette façon parce

que j'étais gênée, ou même pas, parce que j'étais joyeuse, contente d'être avec Jade, d'avoir une occasion de ricaner. Je pensais peut-être qu'elle attendait de moi cette méchanceté sans conséquence à l'égard d'autrui, qui cimente solidement les complicités.

Mais je me suis tue.

– J'ai trouvé un prétexte, a poursuivi Jade, et je suis partie, au hasard. J'ai marché longtemps…

– Ensuite, tu es entrée dans un supermarché et tu as rencontré Touati qui cherchait des céréales pour ses petits-enfants.

Elle a vissé ses yeux dans les miens, abasourdie.

– Qu'est-ce que tu crois ? ai-je ajouté fièrement. J'ai mené ma petite enquête.

Nous nous sommes fixées encore, longtemps. J'ai trouvé sa main, qui tremblait. Je l'ai serrée.

– Je suis désolée.

Elle a serré les dents.

– Je ne supportais plus ta compagnie et je souffrais dès que tu n'étais pas là. Je peux te dire que j'en ai lu, des livres, à cette époque, pour essayer de trouver une solution.

– Il ne faut pas chercher de réponses, dans les livres…

– Je sais. M. Sudre m'a servi son petit topo. Mais les questions, je me les posais toutes, crois-moi. J'en étais venue à me détester. Mais grâce à l'association, j'ai découvert des enfers bien pires que le mien. Ça ne m'a pas consolée, mais… j'allais mieux. Jusqu'au jour où tu es tombée amoureuse de Robin. Là, c'est devenu impossible. Je ne pouvais plus te voir, tu comprends ?

J'ai acquiescé.

– Le jour de la Toussaint, quand tu es entrée dans ma chambre, rayonnante, toute rose, je mourais d'envie de t'embrasser. Je t'ai dit ce qui m'est passé par la tête. Tu connais la suite.

– Et maintenant ?

Son sourire est revenu, peu à peu.

– Maintenant, il y a Lise. Je crois que ça commence à devenir sérieux entre nous.

J'ai enfoncé mes ongles dans sa paume.

– Du coup, tu ne m'aimes plus ! C'est fabuleux !

Je ne me rappelle plus tout ce que nous nous sommes dit ensuite. Je crois que nous avons parlé de Faroudja, de l'association. L'avocat avait obtenu un délai administratif. Il y avait un peu d'espoir pour elle, mais Jade m'a exposé d'autres situations, bien pires, cité d'autres cas. Et je me raccrochais de toutes mes forces à Camus pour oser penser que j'étais folle de joie quand même.

– Tu sais, Jade, on va se battre. On va récolter du

fric, on va rameuter des gens pour nous aider, au lycée ou ailleurs. Là, tout de suite, ça me démange d'apprendre à lire à quelqu'un.

Elle m'a pincé la joue.

– Je ne sais pas si j'ai bien fait de t'ouvrir l'esprit. Ça te rend encore plus séduisante.

Après les cours, j'ai tout raconté à Robin. Je l'ai forcé à me suivre au square pour faire du tourniquet avec une petite fille ressemblant à Bérénice. Même son regard triste, quand il m'a quittée pour rejoindre ses parents, n'a pas pu altérer mon bonheur. On finirait bien par les vaincre aussi, ces deux-là !

J'ai ouvert avec fracas la porte de la maison. Dans l'entrée, j'ai bramé : « C'est moi ! » Et c'était vrai. C'était moi. C'est-à-dire que tous mes Moi, pour une fois, étaient à peu près d'accord sur le fait que la vie valait la peine d'être vécue à fond. Il fallait que je le fasse savoir à mes parents. Jade m'avait autorisée à leur parler. J'avais aussi l'intention de remercier Octave d'être le frère qu'il était, de lui proposer de jouer avec lui toute la nuit, de l'emmener où il voulait. Ensuite…

Ils m'attendaient tous les trois, dans la cuisine, rassemblés autour de la table.

Mes parents se tenaient la main, l'air sombre. Octave roulait des yeux contrits.

Tout de suite, j'ai compris que mamie était morte.

Mes jambes sont devenues molles. J'ai attrapé une chaise avant de m'écrouler. Personne ne parlait.

– Je vous en supplie, ai-je chuchoté. Dites-moi.

Mon père s'est raclé la gorge.

– C'est ta grand-mère.

Un long silence a suivi. Un commutateur a dû basculer dans mon cerveau. Je me suis mise à tout voir en bleu foncé.

– Est-ce que… est-ce qu'elle a souffert ?

Comme personne ne réagissait, j'ai compris qu'aucun 'était sorti de ma bouche. J'étais devenue muette. Mon père s'est encore raclé la gorge, comme si quelque chose d'énorme l'obstruait. Puis il a déplié une feuille de papier que je n'avais pas remarquée, parce qu'elle était roulée en boule dans sa main. Il l'a lissée longuement sur la table, puis il a lu :

« Mes chers enfants.

Comme vous le savez, chaque année, pour votre anniversaire de mariage, je vous offre un séjour dans le pays de votre choix. C'est l'occasion pour moi de célébrer votre union, si épanouie, et d'accueillir mes petits-enfants chéris. »

J'ai sursauté puis les couleurs du monde sont revenues, l'une après l'autre. Je commençais à deviner la suite.

« Mais Alma, cette année, m'a ouvert les yeux. Il était temps, à mon âge. Elle m'a fait comprendre que j'avais trop

longtemps tourné le dos à la réalité. Elle m'a dit que d'autres hommes avaient besoin de moi, de nous. J'ai beaucoup réfléchi et je me suis dit que l'argent de votre voyage serait beaucoup mieux employé par l'association dans laquelle Alma et Jade s'investissent. C'est une façon de les aider, tous ensemble. Je suis certaine que vous comprendrez et approuverez mon choix. »

Tous les yeux se sont braqués sur moi. Octave se mordait les joues pour ne pas rire. J'ai failli pleurer d'enthousiasme.

– Elle est géniale ! J'en étais sûre.

Puis je me suis levée, et j'ai porté ma main à ma gorge.

– De mon côté, les nouvelles sont moins réjouissantes. Je croyais être guérie mais je sens que je tousse à nouveau. Je crains fort de ne pas pouvoir aller au lycée demain.

Et j'ai monté l'escalier quatre à quatre pour appeler Robin.

Cet ouvrage a été achevé d'imprimer
sur Roto-Page
par l'Imprimerie Floch à Mayenne
en février 2016

N° d'impression : 89347
Imprimé en France